美人尖

王瓊玲　著

梅仔坑傳奇
假作真時真亦假

【名人推薦一】

路寒袖
詩人，前高雄市政府文化局局長

王瓊玲的小說是跟黃春明、洪醒夫、宋澤萊等同一血脈的，用傳統的寫實主義書寫這塊土地上的芸芸眾生。這技法雖然古老，但卻最能分辨出功力的高低，可說是易使而難工，而王瓊玲可是揮灑得爐火純青。

王瓊玲善於寫人，她的文字彷彿是從角色的內心迸跳出來的，每一字每一句都帶著血絲般的感情，讓人時而悽惻低迴，時而血脈賁張；她又善於營造氛圍，在情節跌宕處總有如詩般的鋪陳。

在王瓊玲的小說裡，我們找到了最素樸、親切、動人的美感。

【名人推薦二】

趙慶河
曾任國立臺灣藝術大學人文學院院長

我們對學者的基本印象是理性，但王瓊玲教授有些不一樣：情溢乎理。她既寫論文又寫小說，寫小說的熱情似乎更高。她形容自己：寫小說使她的生命充滿活力，也是一種自我救贖。

在《美人尖》裡，王教授用悲憫的心情，去陳訴那些既熟悉卻又卑微的生命故事。她娓娓道來，讓我們看到了天地之不仁，人生的無奈。我個人特別喜歡〈老張們〉和〈美人尖〉兩篇，前者笑中帶淚，有令人難過的荒謬感，也有時代的無奈；後者講一個特立獨行的奇女子，一生敢鬥敢恨，慘烈而淒涼，如果擴充成長篇，有些像下層庶民版的《桂花巷》，卻比《桂花巷》更貼近臺灣真實的鄉間社會。這兩篇讀起來都令人心酸難過，尤其是在秋冬的季節裡。

【名人推薦三】

李婉君 (Silvia Wan-chiun Lee)
哈佛大學法學碩士，美國紐約州律師
作家，著有小說《真愛・凡塵間》、散文、時事評論等

同為喜歡創作的人，看王瓊玲的小說《美人尖》，不得不被她的熱情和執著感動。在每一篇故事裡，都可以看見她全心投入角色，用最大的誠意救贖人性。

〈良山〉用一生的光陰折磨自己，懊悔年輕時候犯下的強姦殺人大罪。〈美人尖〉以一股蠻勁，獨力奮戰習俗、傳統、人性，不計後果。〈含笑〉裡，被父權與私心拆散的年輕男女在情愛的廢墟中委屈求生，因為能放下過去，所以得釋放自己。〈老張們〉是一群戰亂流離的犧牲者，被時代的巨輪灑落異鄉，倉皇間靠緊彼此，運氣好的抓住異鄉的泥土紮根，運氣差的化為春泥。

《美人尖》用小說文體，透過小人物的故事，為一個特定階段的臺灣文化，做了非常誠懇的紀錄。它沒有討人喜歡的男女主角，但它有作者堅持的人本精神——只要看得深，每一個靈魂的碎片裡，都能撿拾到舍利。

【名人推薦四】

陳莉莉
馬來西亞《星洲日報》文教記者
《星洲日報》花蹤文學獎報導文學獎得主
二○○六年大馬新聞協會（MPI）—國油大馬新聞獎得主

《美人尖》描述大時代小人物的生命與生活，有其豪邁、怯懦、溫馨、苛刻、沉溺、掙扎、救贖……可說是來自「蒼莽大地的聲聲呼喚、人性多層面的細膩呈現」。

它不是鄉土小說，是海峽兩岸六七十年來的歷史側影；它不帶任何意識型態，只充滿悲憫溫厚的人性觀照；它不是只寫梅仔坑，它寫的是臺灣、是你我、是人性。

【序】

「殤祭」——為逝去的樸野與悲涼

蕭相愷

我是搞古代文學研究的，應該說寫過不算少的文章，但寫當代文學評論卻還是第一次，頗有點魯迅說過的「使慣了刀的人要改使槍」的感覺，總覺得彆扭。

但我卻忍不住還要寫，不為別的，就為了瓊玲《美人尖》書中所寫到的那——我曾經經歷，卻又已經逝去的時代；為了那——我曾經親切卻又久違了、以至陌生了的樸野生活；為了那——從遙遠的過去向現在巍巍顫顫走來的我所曾經認識的人們；更為那——讀小說時心中所產生的深深感動、沉重憶念；以及那感動、憶念之餘的思考。

一句話，我是要為那已然逝去的時代及阿嫌、良山、含笑和老張們作一番「殤祭」。

瓊玲的這部小說集，每篇跨越的時間都相當長：〈美人尖〉篇從阿嫌的出嫁（約一九三二年）至死亡（約二〇〇七年），前後七十餘年；〈含笑〉篇從天助與含笑熱戀（一九三九年）至天助七十壽宴（一九八九年），跨五十年歷程；〈老張們〉則從國民黨敗逃臺灣（一九四九年）至第二次政黨輪替（二〇〇八年），凡五十九年。就是〈良山〉篇，從良山殺人（一九五〇年）至回鄉尋墓（約二〇〇〇年）也前後五十年。

可以毫不誇張地說，那正是個滄海桑田的時代。而我，就是從這一時代的最早期一步步走過來的。

《美人尖》的地理背景，是臺灣南部的小鄉村。那個時代的山村風俗民情：〈良山〉的建醮、過火、「送肉粽」、殯葬；〈美人尖〉的婚嫁禮俗、民間禁忌、「洗門風」；〈含笑〉的沖喜、「擋路」；〈老張們〉篇中的臺灣民俗、諺語，我這個生活在大陸的人，也都曾經親眼或似曾親眼見過；也都曾經親耳或似曾親耳聽過，一股股樸野氣息，撲面而來；一幅幅生活畫卷，次第展開。一切都是那樣的真切！瓊玲把我帶回了經她濃縮的歷史之中，讓我沉重，讓我傷悼，讓我顫慄，讓我振奮。

歷史感、真實感是《美人尖》最大特點——歷史感增添了小說的厚重，而真實感則是這部小說的生命活力。

不僅如此，這小說集還凝聚了瓊玲對歷史生活的深沉思考：滄海桑田的時代，固然會成就一批英雄，帶給小人物的，則更多是巨輪的無情輾軋，看看〈老張們〉中尾六兒的遭遇，就可痛切的感受：

就在不久前，真的才不久……他和唯一的親哥，都還是雪地裡蹦蹦跳跳的猴崽子。大年夜，迫不及待地穿起新衣、新鞋，和鄰家紮麻花辮的大小妹子，圍個圓圓的圈，牽著肥嘟嘟的小手，繞呀唱的：「新年到，穿新衣、戴新帽，快快樂樂放鞭炮」……

咻——砰——老共的大礮轟過來……炸爛了，親哥的身子……哥噴上天，炸爛了……爛了……血肉蓋下來，灑得俺一頭一身……

而樸野古老的民風民俗，固然培育了人民的純正、豪爽、寬厚、友愛，卻也將許許多多的小人物丟進火海燃燒、油鍋煎熬。

阿嫌按著古老的婚俗，嫁到一個阿娘沒去過，她也沒去過的地方；嫁給一個阿娘沒看過，她也沒看過的醜男人！逃走後被逼回夫家，又按著那古老的風俗，舉行洗門檻的「贖罪」的儀式。看看那個挑著兩隻大水桶，艱難地爬行在山路上的阿嫌；看看她於眾人圍觀中，跪在地上拿起硬毛刷「用力摩刷著冷杉木」的情景：

……，一陣又一陣的「差！差！差！」——插刺、割刮著每一個人的耳朵……「差！差！差！」……葫蘆瓢磕碰大木桶，晃蕩起暈眩的水花。踩著自尊，翻山越嶺挑過來的水……晃蕩！晃蕩！——荒唐！荒唐！……水影歪歪折折、曲曲扭扭，映照她變形的青春、脫序的未來……晃蕩！晃蕩！——荒唐！荒唐！……「差！差！差！」「差！差！差！」……

「晃蕩！晃蕩！——荒唐！荒唐！」「差！差！差！」「差！差！差！」發出來的水聲、刷刮聲，聲聲都在控訴。正是這古老的民俗，硬生生將一個「美人尖」，一步步扭曲成「額頭叉」——她公開怨毒地爭鬥著，跟差不多所有的人；她隱祕惡狠地報復著，對那個實際上並無過錯的醜男人。

這正是歷史，太過沉重的歷史！這正是風情民俗，壓得人喘不過氣來的風情民俗！

但是，瓊玲是個很有善心愛心的人，具有儒家博大的悲憫情懷，眷戀著梅仔坑這塊地方，摯愛著梅仔坑的人民。她痛恨那「荒唐」的風俗，那「碎掉、裂掉」阿嫌「無憂無慮的過去」、「嬉嬉鬧鬧的從前」的「被死掐著脖子玩的遊戲、窒息死人的規矩」。她要把這「百年的陋習、陳年的泥垢」洗刷掉，要讓阿嫌們再「燦燦爛爛」笑起來。無論是善是惡，無論其有怎樣當罰的罪，也無論其命運如何的慘惻淒涼，瓊玲一概要為他們留一抹亮色——或讓他努力救贖、或讓她消弭怨恨。良心是不泯的；無論是土生土長的，抑或是外省外國移居來的，瓊玲皆一視同仁。對於土生土長的，瓊玲固然讓他們深深植根；對於外省外國來的，瓊玲亦讓他們將異鄉化為故鄉，即使是「孤帆沉遠水」，也要其「曉鐘過迴廊」。

於是，小說中阿嫌的良心沖淡了惡風劣俗，對浸泡在惡俗中的婆婆也降低了敵意，更釋放了自己對丈夫的怨毒。她告訴盲眼婆婆：

「豆腐乳放真久，已經不能吃了，吃了會漏屎、腹肚疼！」

丈夫病時，她承擔起所有的醫療費用與貼身照護：

阿嫌死心了。五十年夫妻，再怎麼嫌惡，也不能放任不管。既然撇不下，再怎麼

> 不甘心、不情願，也只好做下去了。

丈夫死時，她捶著停屍板痛哭流涕，而且：

> 眼淚——竟然不是強擠出來，是滔滔流下的，連她自己都嚇一大跳！沒錯！六十年的夫妻，再怎樣怨毒，人死了，還是不能不悲！搬上搬下、把屎把尿的十年；黑黑漫漫、孤苦無助的十年，更加不能不悲！

六十年來，夫妻間相互的折磨與怨嫌，透過痛惜、悲訴與奔流的淚水，進行了洗滌與消泯。

良山的良心，從犯罪後五十年中「魘魔」的熬煎、五十年內「被過去鞭打、現在蹂躪」的苦痛；尤其是對父親的沉重負疚、對被其強暴致死的春花的深深悔過中，可以清清楚楚地看出來：

> 良山不住地磕頭，皮擦破了，鮮血沿著前額汩汩流下。一滴滴、一線線，連成一片片，流到下頷、淌進脖子、漫進胸膛。
>
> 「春花姨……伊葬……葬在啥所在？」淚水流過也浸洗了苦慟，五十年漫漫的慘

傷，良山努力追尋最後的救贖……

更毋庸說善良的含笑和天助了。「那樣的悲苦，那麼多、那麼久，竟然可以無恨！含笑，妳是怎樣的女人！」瓊玲讚美著。「他是悔恨的，但日子照樣要過。活下去其實不一定需要理由；但沒有理由的活著，往往是一種煎熬和無奈。」瓊玲同情著。

這正是瓊玲悲憫情懷的體現；也是她對時代歷史、民風民俗和生活在其中的小人物拷問過後的判決——這時代，一切是那麼的沉重，沉重得讓小人物無法扛起，如何能過分地責備他們！如何忍心不去救贖他們？

我要說，這部小說不是瓊玲「編」出來的（時下的許多小說確實是作者「編」出來的），是她用悲憫的心和著血淚澆鑄出來的！得帶著心思去讀！

從藝術的角度說，這也是一部十分有特色的小說集。作者在作品中反覆地運用正敘、倒敘、插敘、「意識流」的技巧，其技巧的嫻熟，竟使得接縫處亦無痕無縫。

正敘、倒敘、插敘的交互使用，營造出今昔對比的氛圍，強調著時代變遷中政治經濟、民俗風情、多重人性的變與不變。在「變」中，體現並反思時代的滄桑、人情的激盪；由「不變」中，肯定人性的醇厚善良、生命的執著與頑強。

大戶人家的張太爺和他的兒子「總把子」、書香門第出生的小七以及平民百姓人家的「張二爺、張三哥、四弟、老五、尾六兒」，「他們從天涯海角，被槍彈炮火追著跑、趕著逃、喘著氣、青著臉，倉倉皇皇，閃過生死一瞬間，跑過千山和萬水，跑到了天與海的盡頭」。歷盡滄桑，在一個陌生的地方立下腳，一切都和原先不同。但他們相互扶持：「慷慨大器的太爺，還叫兒子變賣掉最後的幾兩黃金，救活好幾個身染肺癆、病得七葷八素的『老鄉』。」總把子則為弟兄「張二爺、張三哥、四弟、老五、尾六兒」謀得賴以生存的職業，並且「奔走磕頭」，送小七去教書。在奪命催魂的流行性痢疾來襲時，總把子將自己分配到的藥，偷偷存下來給老爹爹吃，自己卻被病魔奪去了性命。於是張二爺、張三哥、四弟、老五、尾六兒、小七一同服侍張太爺，在這陌生的地方艱難地、頑強執著地生活，本不都姓張的一夥人都姓了張——不是同胞的，已然賽似同胞。滄桑巨變中不變的，正是這「跨海遺傳過來的豪情與義氣」。

流淌的意識，則超越時空，在作者的心底、在小說主人翁的心底，匯成流、聚成川。而正敘、倒敘、插敘的交錯綜合運用，又使那「意流」縱橫交錯，分注集瀉，讓善與惡、罪與罰，悲苦無奈和寬厚，義氣酸楚和堅持，織在一起，揉在一起，分不清、道不明，熔鑄成一個個故事的脊梁，熔鑄成一個個人物的靈魂。意識流技巧的嫻熟運用，使得小說人物的內心世界完整、真實、又細膩地展現在讀者的眼面前、腦海中，或絲絲隱隱，或天崩地坼。

讀一讀〈老張們〉篇中的「酸醋與梅影」吧！這正是《美人尖》裡最集中、最嫻熟，交替綜合運用這正敘、倒敘、插敘、「意識流」技巧的章節：

走在碎石子路上的，不是烽火連天中被抓伕的少年；不是退伍時肺癆纏身的青年；不是梅仔坑鄉煮瀝青、鋪馬路的道班工人；也不是五個孩子的老爹……是那個十三歲多的男孩，那個親娘拿給他兩個銅板，出門去買瓶酸醋的小小孩兒。

鏡頭倒回了五十幾年前。而後又拉回現在：

昔日的狗兒，嗅到回家的路了，又哭又笑、又奔又跌的，奔跌到一家土厝前，從背包拿出早就準備好的酸醋，「咚！」一聲跪了下去，聲嘶力竭地呼喊，呼喊那斷裂的歲月、破碎的記憶……

骨肉乖離五十年之後，狗兒與母親故鄉重逢的「正敘」情節，在今昔相襯之下，是如此的激盪、如此的動人。然而，瓊玲卻又從從容容地插入對小七的「側面敘寫」，也讓「過往的」與「當下的」交替出現，讓潛流滔滔奔湧：

小七在一旁拭淚，淚水卻愈拭愈多、愈拭愈漫流……五六年前，他千辛萬苦，孤身踏上了歸鄉路。歸到了鄉，才知道鄉裡已沒有家，屋裡已沒有娘。……奪眶泛濫的淚水，像天地初創時的洪流，滔滔不絕。小七的影子，彷彿也跟隨著狗兒跪下。因為，山村老太太身邊，也有一個白髮蒼蒼的身影，像京劇中，現身在鑼鼓點裡的佘太君。不過——戲袍褪盡了華彩，變成宣紙中，水墨渲染的影子，朦朧又模糊……小七揪心地問：娘——您老了嗎？還是當年的模樣嗎？……也穿著藍布衫褲嗎？也是淚眼婆娑嗎？是不是還裹著小腳？還守著「笑不露齒、行不動裙」的戒律？……娘曾握著孩兒的小手，一筆一筆、一朵一朵地畫梅……

接下來，一番狗兒與母親讓人傷心欲絕的對話後，又是奔湧的潛流，寫出了身為畫家的小七，在梅仔坑受騙上當，娶了白癡妻子後的擔當與痛楚：

「不！娘您不知道，她是『傷梅』，是老天畫傷、畫殘了的梅。娘！畫壞的梅，您說不可以揉一揉，就丟進字紙簍裡去。要貼上牆，仔細瞧著、用心想著，補一筆、修一畫，慢慢就可以畫出好梅……

「娘！孩兒努力補、盡力修，卻拗不過老天的敗筆呀！娘！那一天，老天一定是喝醉了酒，硬毫拿成了軟筆、勾勒變成了暈染……點蒂是要濃墨的，祂卻用了枯筆，難怪托不住呀！勾花描瓣時，祂一定抖了手、亂了心，不是又密又亂、就是又疏又散。最糟糕的是，一整幅梅，老天沒留出『活眼』。沒『活眼』，花朵哪有神？枝幹哪有氣？難怪混沌成一片……

「娘！您說！傷梅是老天的戲作嗎？老天不該那樣子胡來的呀！娘！起先她只是笑吟吟；高興起來，還會替我磨墨。這幾年，沒留出『活眼』的她更混沌了，不吃不睡、不言不語，彷彿是立著但已枯死的梅。我一匙一匙餵大兩株幼梅，現在，又換成要餵她了……」

而且宴會中，狗兒與老母兩人親親膩膩的「正面對談」，與小七對著親娘幻影悲悲切切傾訴滄桑的「側面心理描繪」，一再交替出現：

「狗兒那婆娘呀！生了五個小的：三個帶把的、兩個閨女，都跟俺一樣沒啥出息。不過，男的老實、女的乖不隆咚就是了。娘！您放心。」

「娘！傷梅生了兩株幼梅。我學您握著他們的小手畫梅，他們兄妹倆也學著點了。可是，娘！您是怎麼教給我的？為何他倆學不到？

「您說過女孩兒要像梅花，是『天地玲瓏玉』；男孩是梅骨，要有『人間灑落姿』。娘！我用您的話，教出好多得意門生，有的成了大畫家、有的當上藝術大學校長了。可是……我怎樣教都教不好那兩株幼梅！

「後來，我認了。老天發了點慈悲，是有留給他們『活眼』，但哥哥留太大了，妹妹留太小了……娘！他們或許是璞石，但我精心琢呀磨的，就沒看到璧玉呀！」

「娘！狗兒住在海島上的梅仔坑，在『道班』工作，下崗退休後，每個月還可領錢過活。娘！這回狗兒只帶一瓶酸醋，一瓶買了快五十年的醋……下回，一定帶三大件五小件回來。」

「娘！不哭、不傷心！不該讓您掉淚的……孩兒告訴您一些快樂的事吧！您聽了肯定會高興的：您教孩兒畫的梅，已經收藏在臺灣最大最好的博物院、美術館了。孩兒開過好多次畫展，出版了好幾本畫冊。是您握著孩兒的手，畫下人生的第一株梅。娘！您記得的，您一定不會忘的，娘……」

「娘！狗兒拎了那瓶酸醋，蹦跳跳走回庄子。嘴饞，攀著枝條，摘了幾顆紫黑色的桑葚，都還沒嚼完，就被槍桿子押走了。娘！沒那瓶酸醋，那晚，您的酸辣麵還做得成嗎？」

「唉！狗兒的醋沒買回家來，娘就再也不做酸辣麵了。怎麼的，你想吃呀？趕明兒個，娘特別做給狗兒吃！」

「娘！您還畫梅嗎？孩兒從學校放下畫筆逃難去，思思念念，有誰在老家陪伴您？是窗前的老梅？或是宣紙的畫梅？孩兒千山萬水地回到老家，老梅早被砍了；整個院落被佔了，住著的都是些不相干的陌生人。」

「老天爺總算開眼了！想不到俺趙狗兒從死人堆裡，還可冒出頭來見老娘。」

「娘！樹砍了、家沒了、您到哪裡去了？為何連一壟墳、一塊碑都沒了？娘！我唱〈母親您在何方〉時，還存著點希望，哪裡想到……」

小說敘寫至年近九十的老母，感謝上蒼賜夢，讓顛沛流離的兒子得以存活回鄉。於是，一生靦腆樸實的她，竟堅持解開衣襟，讓兒子跪乳圓夢，以報答天恩：

滿頭灰白的狗兒，變回尚未學步的小嬰仔，哭著孤單、飢餓的惶恐，嚎著無人疼惜的怨憤，爬向骨肉初生的源頭。兩隻小手一寸寸攀扶著娘親的腳掌，往上貼附著腿肚，再緊緊倚靠在膝頭、腰間。僅僅是軟嫩無邪的赤子，在親娘懷裡圓了一個夢而已……一萬七千多個亂離的晨昏，無休無止的慘傷，像千萬道光束，倏忽投焦，照射在相擁的母子身上。一陣燒灼過後，雲般霧般飛升揚起，悠然又瀟灑的風姿，緩緩飄散、緩緩離去……

此時，真實情境中，狗兒的母子會達到了最高潮。然而，幻想世界裡，小七與親娘的母子會，卻不得不破滅，讓他跌回殘酷的現實：

母子號啕痛哭的聲音，喚醒了小七，也把他從娘親懷抱的幻覺中強拉出來——宣紙中的梅影淡去了；娘走了、隨著風雪飄遠了……

無盡的鄉思和鄉愁，讓極度的喜那麼撕心裂肺！讓極度的悲更是裂肺撕心！那是作者對動亂時代、動亂社會的嚴厲譴責。而那天崩地坼之後，帶給讀者的則是無盡的沉思和禁不住的大聲吶喊：那樣的骨肉分離慘劇，再也不能重演！再也不能重演！

這的的確確是近來難得一見的極妙文字呀！

瓊玲是個搞古代小說研究的人，而且是那種「學究式」的重文獻考據的學者。也是搞古代小說研究的我，要做一篇當代文學的評論，已有如「魯迅說過的使慣了刀的人要改使槍」，「總覺得彆扭」的感覺；瓊玲確實換了槍使，掄起來卻依然那麼自如！

查了查瓊玲的博客（部落格），這才知道，原來她大學時代的作品就得過文學獎，竟然是早就使槍有素了，堪稱多才多藝的才女。真正的讓人佩服，也令人羨慕！

瓊玲！再努力寫下去吧！

（本文作者為江蘇省社會科學院文學研究所前所長、中國社會科學核心期刊《明清小說研究》前總編輯）

【導讀】

小說《美人尖》——現代鄉土書寫

張素貞

關懷自己珍視的臺灣，想要在做著嚴肅學問的餘閒，寫寫小說，描摹土生土長、看的聽的，五、六十年來的種種圖像，抒發一些久久蘊積卻不能已於言的感慨，這是多麼特別而複雜的一種心情！

但究竟如何現代？怎樣鄉土？

這本小說集收錄一篇短篇〈含笑〉，三篇中篇〈美人尖〉、〈良山〉、〈老張們〉，是以梅仔坑為共同地理所書寫的傳奇，時間橫跨五十年至六十五年，反映著兩岸政局動盪、社會遽變，一直延展到臺灣兩度政黨輪替。前三篇摹寫了個性突出、土生土長的鄉土人物，〈老張們〉則描繪了大陸來臺、落腳在梅仔坑的一批外省人半世紀的滄桑。

梅仔坑這個有著三百年歷史的鄉鎮，周遭八、九個村落，在五、六十年前生存其間的人們，背負著傳統文化的包袱，浸浴在漫長歲月祖輩流傳的風俗人情中，文明深淺難以論斷，顯然是群性重於個人。家長約制兒女，權威強過一切，根本無從質疑事件是否合理，也不必考慮個人的意願。〈含笑〉中的陳天助，年少時熱戀含笑，本以為薄有家產，有田可耕，託媒去聘娶身為養女的含笑應當沒有問題；事實不然，養父另有考量，在發現含笑懷有身孕，毒打之後，故意不讓天助了遂心願，當然更不可能尊重含笑，硬是把她嫁到偏遠地方的困窘家庭，丈夫天生是瞎子。新娘出門，不是一般的「擲扇」（意思是「放扇落地」，新娘從此放掉娘家的壞習性，如〈美人尖〉所行的儀式），而是養父狠狠地「在門口壓下一塊大石頭，執香立誓：『石頭擋門口，新娘不回頭；石頭擋廳堂，新娘放水流。』」含笑一去就永遠回不來了。

〈美人尖〉中的阿嫌，是勇於挑戰傳統的剽悍角色。出嫁沒學著嚎啕大哭，上轎時沒呼天搶地；新婚之夜逃走，三天後在娘家抗辯，不甘受屈辱，服毒自殺；翻山越嶺挑水「洗門風」兩次，爭得自由了，再度想要爭回嫁妝。婆婆不答應，詛咒她這種服毒自殺的人不能生育，不然生的就都是怪胎；她惱怒之餘，做了一百八十度的改變：她要留在婆家，賭賭看生下些什麼怪物，究竟是誰輸誰贏？比眾人都還要驚駭的婆婆衝到門埕，倒推起大副石磨，又下了詛咒：「娶到額頭叉，石磨顛倒挨；免死尪婿或『大家』，只給新娘死外家。」美人尖原可以是吉兆，卻被當惡徵下了詛咒，阿嫌負氣冒險也押了大賭注：選擇了一生嫌人也被嫌的鬥爭日子，真正名如其人。婆媳雙雙凶頑凌厲，而多年後子媳算計攻防，也不遜於乃祖乃母，甚至更變化有效。她獨自照顧病癱的丈夫十年，怨恨多於情義，盡責歸盡責，不免洩憤施虐；婆婆晚年目盲而固執尖銳依舊，阿嫌偶然也有惻隱，卻仍被拒斥。強悍冷情的背後，作者細密地布署了因果脈絡。然而，到最後五年，獨居的阿嫌，隨著社教老人班的步調，聆聽養生演講，努力實踐養生的要訣，她竟然結交到阿桂這樣貼心知己的好朋友，成為鄭重託付處理後事的人。老婦人先讓兒女媳婦辦完喪事，再從隱密處取出有限的五萬存款，把原本阿嫌要酬答她的兩枚戒指也交出給家屬去分配，她是現場真正悲傷哭泣的人。卸去重重險惡的人際關係，排除惡質人生蓄藏的怨毒，阿嫌被還原為素樸的臺灣女子，可愛可感，可悲可憫。這段溫馨的描摹，顯見作者的深心，人性深邃複雜的多面呈現，也讓接近張愛玲筆下曹七巧的「徹底」人物，有了自己豐足的神采。

溫馨感人的親情，也表現在父子人倫的大愛。含笑的養父與阿嫌的婆婆，在家長角色扮演來說，畢竟不是「親腹」，隔了一層；〈良山〉中林良山的老父水源在長時間的閉戶苦思之後，決定犧牲自己的生命替代兒子清償殺人的罪孽，他相信這樣兒子就可以免除入地獄上刀山下油鍋的酷刑。他唯一的瘸腳兒子向來乖順而勤勞，沉默少言，萬萬料不到會在梅仔坑五十年一度的神聖建醮期間犯下強暴殺人的重罪。人們也相信，美麗少婦春花的凶死，少年兇手已拘囚，老父水源自縊已經足夠賠償，應該獲得原諒了。但鄉長未能領會水源交代遺言式的囑託而內愧於心，他捐出自己的兒子為水源捧神主、捧香斗，一手包辦了後事。人們雖然願意原諒，可不敢大意，要提防吊死鬼「抓交替」，於是動員全村的壯漢，在安葬死者的當天半夜進行「送肉粽」的儀式。

後來，良山因逢大赦而能自由，勉強在臺東太麻里開雜貨鋪過活，夢魘卻始終纏磨。五十年後，再逢「祈安慶成醮」的盛事，驚惶憔悴的良山被夢中的老父追逼回到故鄉梨園寮，要祭奠林家的祖先。他找不到當年的鄉長，卻找到鄉長的兒子——他的好友劉耕土。

耕土陪著去墳仔埔找墳地，小心翼翼怕碰觸良山敏感的神經。當他警覺良山託付辦事，言談間似有輕生之意（五十年前在獄中，良山就曾多次企圖自殺）。他絞盡腦汁，這個成功的筍商直覺得良山比狡猾的日本商人還難對付。不遠處的觀音廟給了他勇氣，他一邊祈求菩薩大慈大悲，一邊辯解水源伯已經替死，若是良山仍然自裁，罪孽會加到少婦春花身上；他又編造了春花需要有人奉祀的理由，因良山暗慕春花，可以像奉祀神一般奉祀她。有了這個任務，五十年來被夢魘折磨得不成人形的良山，大約有存活下去的力量了。耕土當年替罹患殘疾的良山與人打架，水源凶死出殯，他代盡孝男的各項儀節，這時又婉轉盡心鼓起良山存活的意志，多麼難能可貴的溫馨友誼！

良山的善良，使他五十年來日裡夢裡為一時失手犯下的罪行追悔莫及；那次失控的罪愆，其實是他一生唯一的一次縱慾。〈含笑〉中陳天助多年後結婚生兒育女，那妻子籌劃他七十歲生日宴時，讓兒子去遠地通知年長十九歲的異母哥哥來參加，一夜輾轉難眠的天助有難言的心願，她大方大愛為他完成。含笑逆來順受，教子有方，也是出自救贖的心理，一派寬弘大器。

〈老張們〉中張太爺父子把流亡的異鄉子弟都當家人照拂；其他不姓張的老張們表現了超越骨肉人倫的情義，處處是溫馨。為保全父親，兒子死於痢疾；為安慰張太爺的喪子大慟，大家改口都姓了張。除夕、清明他們先祭拜張姓祖先；又謹守太爺「開枝散葉」的庭訓，四兄弟各自成親。二爺的養子阿清念醫學院，夫妻倆一個扛大厝，一個當殮工，辛苦籌學費；二爺死後捐了大體，妻子後來領了四弟、老五的太太，在兒子返鄉服務的醫院當義工。條件最好的讀書種子小七，受騙娶進美麗的傻女，像養女兒一樣照顧一輩子。他成為聞名的畫家，在梅仔坑義賣捐贈，贊助醫院擴充醫療設備、成立文教基金會、推廣地方文化教育；在海峽對岸的家鄉，則捐獻創立希望小學。他不斷散播種子，希望大家都讀書，都畫畫。他給錢，讓女兒好好照顧越顯混沌的妻子，讓離婚的媳婦好好教育孫子。他在一次跌倒受傷，不能再執筆畫畫之後，兩度自殺，自己預留了各項費用，就是沒料到救回來之後的開銷。小七出事前一天，捧著一百萬元到任教過的學校，他真心企盼：「曉鐘過迴廊」呀！

阿清已是名醫，習慣過七叔的老宿舍要探探頭，是讀書種子的相敬相惜嗎？他救過七叔兩次，最後救回來的卻是無知無覺的軀殼，所有的老張及家屬們，多多少少都在幫襯著。小說的尾聲，是人間的三位老張聚首，四弟和老五來看小七，跟外籍看護聊起來，老五有意給四弟的兩個兒子做媒，年輕人老實而又勤勉，餐廳的生意做得紅火，卻因家族遺傳「桃李癲」，婚姻受阻；若是離婚的外籍看護有緣，領養她的孩子也可以；或者她能再介紹另外合適的女子？人生本來就不一定沒有出路，養子有什麼不好？阿清多好？老張們原本都不姓張，除夕、清明不都先祭了張姓祖先？這是何等溫馨的大愛！

無奈，這些溫馨並未能消釋令人隱隱作痛的悵憾：《美人尖》篇篇都有美人的角色，一類是歷經波折，辛苦備嘗，如阿嫌、含笑，名字既鄉土通俗，又合乎正、反面的諷喻。〈老張們〉中小七美麗的傻妻，遇到完美的好丈夫，一生卻只能渾沌蒙昧度過；四弟家的閨女那般出色，竟遺傳了家族的「桃李癲」。而〈良山〉中的春花，美麗變成罪孽的業障，做了無辜的犧牲。美人尖，似乎美麗總隱藏某種尖銳、鋒利而玄奇不可理解的因子，左右著美人不能苛求圓滿的人生。

作者撰寫梅仔坑傳奇，細心描摹了幾位愛憎分明、哀樂過人的主角，其中凢以〈美人尖〉中阿嫌的叛逆、潑辣最為突出。其晚景的衰殘、寂寞，與不同的人際關係所展現的和善性情是非常完美的襯筆。〈良山〉藉突發的少年強暴致死事件，寫盡隱密深邃極盡幽微的人性。良山的私慕、偷窺、戀物癖、情慾，加上殘疾，臨時的任務，特殊的地景，不幸的命運，因而釀成大禍，五十年被魘魔纏身。不能不讚美作者細節描摹的功力，文筆酣暢優美，心理描繪細膩精緻。幾乎每篇中的大小情節，都可以在前後的細節描摹中品玩拼組出：人物何種因何種果，前前後後，也許在今昔錯綜的敘事變化中得費神清理出頭緒，總讓讀者深感不得不爾，無可奈何，而生出同情。試看〈含笑〉中的黑狗，轉化日語的發音，作者不用「骷髏」而用「苦樂」，人生不過有苦有樂，自有因緣。作者對人與人生不悲觀，小說絕大篇幅讀來充滿溫馨。

作者顯然也有心要寫現代鄉土，藉著小說的鋪展，閩南語系的人物對話多用方言，常常得便就織入閩南諺語、四句聯，甚至歌謠。〈老張們〉中的總把子與二爺對唱〈四郎探母〉、小七唱〈問鶯燕〉、〈母親您在何方〉當然都用國語，但老張們為了逗樂學著太爺、總把子的山東腔，也不時學臺灣老婆說臺灣話、說諺語。篇尾四弟教著印尼看護兩句臺灣俗諺：「番薯不驚落土爛，只求枝葉代代傳。」不僅旨趣符合太爺「開枝散葉」的庭訓，正是兩人教、學這兩句拉長的話語，才應合了小標目：「曉鐘過迴廊」！

呈現臺灣民俗風土，也可以從小說中的各種器物、場景看出，尤其是建醮慶典、婚葬儀節，包括「竹掃」、「壓石」、「送肉粽」等等的描繪。作者的細節編寫，還能因人因時因地而變化，小說中自殺的悲劇就有多起，卻椿椿不同。六十五年前阿嫌臨時起意，是取了灶下的蕗藤，來不及搗碎，用口咀嚼；母親急救催吐所用的流傳土方，寫來也是緊湊傳神。其他水源、尾六兒、小七則都各有時地背景，個性又殊異，行徑自然多樣。

《美人尖》也把兩岸五、六十年的風雲變化納入，〈老張們〉除太爺、總把子父子，自二爺以下各有或長或短的故事。他們同樣流亡到梅仔坑，尾六兒被夢魘折磨而自殺，總把子為保全父親而犧牲，其他人在一九八七年上臺北，參與「外省人返鄉探親促進會」發起的街頭抗議活動，兩個月後臺灣終止戒嚴，再三個月開放探親了。小七的著墨最多，他返鄉多次，他陪老五尋根，一一過濾山西或陝西可能的家鄉。老五（狗兒）終於見到老娘，一完夢裡吮母奶的心願。作者採分鏡描摹，一面不時中斷插入小七內心衍生的母子會，也有母子對白。兩對母子對答，一實一虛，因著教養、文墨浸染與否而雅、俗有別，這段描繪別出心裁，對照鮮明。三哥在家鄉已娶年長的妻子，並且有孩子；當他從大陸探親回來，資財耗盡，悲苦一直不曾道出，就永遠失蹤了。這段留白，含不盡之意，是神來之筆。

《美人尖》寫出了幾種典型人物，不乏讓人嗟嘆良久、感動莫名的情節。難得的是小說技巧也頗足稱道：避免平板的順敘，因而精心安排今昔機變交錯；架構龐大背景，有相當的歷史觀照，勢不得不用全知敘事，但限知觀點、人物的視點的調換，使全面的鋪排之外，細部的摹寫能流暢地運轉迴旋。對話精潔，穿綴物安置妥適，有時還能藉物件或對話明快地交代情節：如陳天助在外的兒子怎麼會寫信來？有什麼事？含笑五十年來怎麼生活的？就藉著兒子的信中交代了。而信是託人寫的，也是託人讀出來的，又讓讀者領略了人物心理的曲折變化。《美人尖》可以快讀，情節波瀾起伏，曲折引人；也不妨精讀細品，慢慢推敲，處處可見作者的匠心。

（本文作者曾為臺灣師範大學國文系教授，現已退休）

美人尖

梅仔坑傳奇

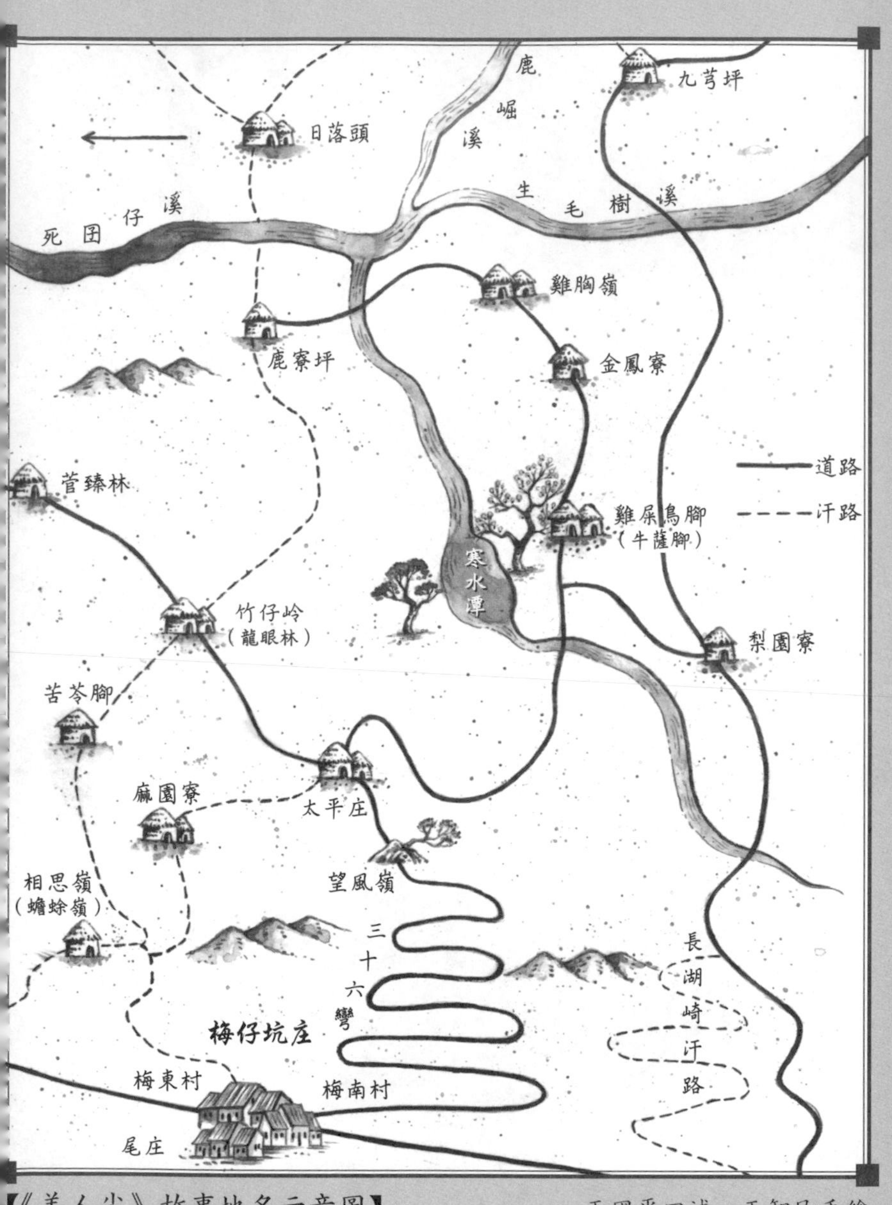

【《美人尖》故事地名示意圖】

王國平口述，王智民手繪
江正一繪圖

含笑

明天，再怎麼樣都是大日子！十桌酒菜，實實在在可熱鬧一陣吧？天助臉頰一陣臊熱，火燒火燎地，一直燙紅到耳根。

唉！老都老了，臉紅的毛病還是固執地跟來，人前人後，只有被取笑的份。

費了勁，翻轉過身子，竹眠床跟著伊啞——伊啞——呻吟了幾聲；垂吊著的小夜燈，似乎也晃蕩一陣，把全室的黑影都抓起來搖一搖。

床邊的電扇，慢條斯理地迎轉吹過來，尼龍製的粉紅蚊帳，掀起潮水、翻起浪花，一陣低一陣高，高高又低低，翻掀得天助有點頭暈目眩。

不過，暈眩歸暈眩，蚊帳孔隙太密了，風仍然透不太進來。這臺電扇是最新型的，可上上下下抽高壓低，大扇頭又可一百八十度旋轉，高興怎麼扭就怎麼扭，壞不了！風速它自己會調配，不會猛刮人耳光，也不會有老井抽水的嘎嘎嗟嗟。

大扇面吹飄起三、四條黃黃綠綠的細布條，嗘嗘嗦嗦、糾糾纏纏的。扇柱垂綁著一張大紅色的硬紙片：「恭賀陳天助先生七十華誕，弟劉水田敬贈」。燙金的字體，幽暗中閃著若有若無的亮光。

魚塭邊，青蛙扯直喉嚨呱啦——呱啦——猛叫——那並不礙事，夏天的夜，蟲鳴蛙叫只會讓他更容易入睡。但是，今晚到底特別些，身邊熟悉的東西，好像都有些變了形、走了樣。門口曬稻埕上，孫子們正在追逐嬉鬧，間或夾雜幾聲壓低嗓門的叱罵：「猴死囝仔咧！吵死人，阿公、阿嬤攏在睏了。」

「唉！少年人，毋識『嚴官府、出群賊』的道理？管愈嚴、猴囝仔愈作怪；你們細漢時，也是這款無天無地呀！」天助心口暖暖的。這群小小飼料雞，剛剛從大都市的鐵牢籠放出來，要他們不飛不跳怎麼可能？

他慢慢爬起身，將電扇挪近一些，重新躺下。還是老朋友體貼，懂得將身比身。七月的溽暑，對他這把老骨頭，可真是漫長的酷刑。偏偏又吹不得冷氣，一吹，關節骨、腰間盤就疼，疼到站也不行、躺也不平。於是，前年兒子花大錢買回來的「孝心」，只能掛在牆上，連當裝飾品都嫌礙眼。

感激水田歸感激，天助嘴裡還是免不了嘀嘀咕咕：他比我小又識字，卻是越來越番顛。嘴鬚可打結了，還不曉得要避一避忌諱……梅仔坑廟口大榕樹下，泡茶、下象棋、玩四色牌的老伙伴，像秋天的黃葉，一天天乾枯、一片片落地。那班南管，早就已拉不成曲、唱不成調了。而明天是甚麼日子！要送也可以送些別的，何必要觸碰那個禁忌？讓人心裡不暢不爽的！

就這事，老伴一直笑罵他心思多過貓毛。

她說電扇是年輕人喊的新名詞，老一輩的都只管叫「電風」。況且水田兄送禮物來時，她為了避免「送扇拆散」的禁忌，已經拿了十塊錢給他，假裝是向他買的了……

唉！也真難為她了。天助乾枯瘦癟的手掌，輕輕撫滑著烏潤的竹眠床。四十年了，四十年的夫妻，早已到了口不必開、心就摸透的地步。八個兒女，在四隻手的拉拔下，個個高強大漢，娶的娶、嫁的嫁，帶回來的孫兒，算算也有兩三大把了。

風還是不夠大，頸項、背脊淌滴著汗水，癢唆唆、黏嗒嗒的。天熱！也沒熱過這樣子，索性不躺了。摸黑從抽屜裡拿出長壽菸，背著風，摀著手，顫顫危危地點燃。

紅色光點在幽暗中，陪著他的一吸一吐，一閃一滅。輕煙慢霧緩緩從鼻孔繞出，絲絲縷縷、裊裊纏纏的……電風一吹，登時散了，一散，散得空空蕩蕩、無影無痕……

在身裡、肺裡纏繞過的，怎麼會說散就真的散了？他不懂、不相信、更不甘心。猛猛吸了幾大口，憋著氣，留久一點。不料卻嗆到了，爆裂般的勁道，引發一場猛咳！咳得上氣接不過下氣。咳完！一陣陣虛脫，倚著牆哼哼——唉唉——，老眼酸澀，迷迷濛濛全是淚油。

老伴在隔房拍著牆：「阿和的阿爸，別再呷菸啦！桌頂有溫瓶，倒一些燒水喝，喉頭一溫熱，就不會一直咳囉！」

天助順從地喝了熱開水，卻不忍捺熄手中的菸。磨磨蹭蹭走向搖椅，整個世界隨著他前前後後搖晃起來，先是輕緩，慢慢——慢慢——旋迴——一切更暈眩了……

從窗口望出去，天空是偌大的黑綢幔，懸著一彎上弦月，銀色的，有黃綠的光稜。望久了，變得比剛剛大，卻模糊了……

孩子稍微懂事後，他們就分房睡了。夫妻間沒有任何問題，只是鄉下人的習慣：上了年紀，同房便是尷尬。就是到現在，偶爾看到女兒、女婿呢呢噥噥、牽手挽臂的，他都渾身不自在，眼睛不曉得要往哪裡擺才好？

「唉！時代全不同款樣了……」他彈掉菸屎，拂了拂滿頭的霜髮。

想當年！——啊！當年！……他又一陣恍惚。閉上眼，深深吸口氣，心口仍隱隱抽痛著，有隻小蟲在他臟腑內輕輕囓爬，一寸、兩寸，十年、二十年……啃得好傷、拉得好長……

慢慢睜開眼，月依舊是五十年前的月，遙遙遠遠、冷冷白白，誇張上翹的嘴角，千年萬歲兀自笑著。本來嘛！人間的聚散悲歡，與它又有何干？

都五十年了，漫長悠緩的歲月！含笑她應該已忘得一乾二淨了吧？會麼？

今夜怎麼搞的？那些都是不能想的。他苦苦提醒自己，要逃！要閃！不然……

忍不住還是算了算——小兩歲，含笑今年應該也六十八了。

六十八歲的女人，是甚麼個模樣？是不是也像他的老妻，挽著斑白稀疏的髮絲，在腦門後打個髻？

他的含笑，五十年前的含笑，愛抹苦茶籽油在頭鬃，垂在胸前的兩條粗辮子，烏黑又柔亮。大眼珠也是烏黑透亮的，眨呀眨的；兩扇睫毛，是早春裡翩翩飛舞的蝶翼。

她是很能幹的姑娘，從山坳裡挑一擔麻竹筍出來，一身花布的棉衫褲，胸口汗溼了一大片。走過男人休息的坪臺，她目不斜視，踮著鞋尖，扭呀扭地向前急步行去。一群壯小子眼睛都直了，又是口哨、又是起鬨：

「喂！青竹筍漏掉一支囉！」

「唉——喲——呵——滾落去溝仔邊了，還不回頭撿哦！」

她可不上當，踩踏著不變的韻律，挑重擔的韻律，擺呀晃呀！在白花花的烈陽下，幾十雙眼珠子，幾乎都跟蹌打跌了。

天助搧著斗笠風，坐在男人堆裡。花布衫踩遠去了，他的一張臉，還是赤漲成豬肝色。厚實的大手掌抹了把臉，彷彿是擦掉汗水，一聲聲吆喝，大夥又挑起重擔上路了。

其實天助心裡再明白不過了，這種瞎起鬨，沒有甚麼惡意，但總還是讓他感到不快。私底下，天助責怪含笑：「一大堆查甫人在望風臺休睏，妳還扭呀扭搖過去，大家會講妳沒見笑。」

含笑低著眉眼，輕咬著髮梢上的蝴蝶。一抬頭、猛然轉身，辮子唰一聲！飛甩過天助的臉頰。跺了跺腳，她扭身就跑。

天助趕緊追了上去，拉拉她的手，卻被狠狠推開。賠了很多不是，她才恨恨地道：「山路有兩條麼？一肩擔重擔、雙腳行遠路，本來就是那款模樣。勿扭腰擺手，你行得動啊？」

天助這下子沒話說了；搔搔頭、絞扭著一雙大手，低低又囁嚅：「妳毋知！妳一行過去，我的面就紅得像廟內的關老爺。萬一有人發覺，咱倆人就悽慘落魄囉！……」

含笑水盈盈的眸子依然瞅瞪著他，嘴角卻拉不住地偷偷向上揚。抿著脣，她還是微微笑了。

眼前這個大男孩的窘態，讓她心窩裡盪起一圈又一圈的溫柔。她很高興能在他心底，佔著沉甸甸的份量。輕輕地倚著他，寬闊的胸膛，混著汗水和泥土的氣味，她熟悉不過的氣味。長長地吸了一大口，闔上了睫毛，又是熟悉的、天旋地轉的錯亂。

筍寮的牆是細竹篾編成的，只糊上薄薄的泥漿，風仍會從縫隙中千方百計地鑽進來。稻草稈隨隨便便覆蓋著，就當成是屋頂。石塊、磚頭再怎麼重重地壓，也白白費了工，擋不住山中隨興刮起的氣旋。簡陋的火爐、鍋子、鐵鼎；屋角有鐮刀、鋤頭，七零八落的。水是從石壁引來的山泉，儘管石層底下是奔躍萬鈞的能量，冒出來時，已是力道用盡，慢條斯理，沿著竹管，曲曲折折、悠悠然一路淌下，貯在大瓦缸裡。滿了，就任它溢流一地。

天助半臥著，汗溼的胸膛伏著小小結實的身軀。青青的鬍渣摩挲她的額角，一遍又一遍。突然有點不安，捧起她泛著紅霞的兩頰：

「含笑！等我阿母的三年孝期滿了，就叫阿旺嬸去妳厝內提親。」

「要等到啥時準？」

「半年外。」

「嗯！有夠久。」她低下頭，晶亮的眸子有些陰翳遮住了。

「妳阿爸會拒絕否？」

「我嘛毋知！伊的脾氣有夠古怪；人又大面神，真歹講！」含笑的聲音幽幽咽咽的，像鬆了的琴絃。

天助卻是拴得過緊的絃，急切而高亢：「我祖公放落來的田園也有一大片，只要肯做、肯打拚，咱一家人吃穿都無問題。妳嫁過來，伊做老大人的，應該免操煩啊！」

「阿爸才不會操煩我哩！伊只疼我的大兄和小弟，講啥查某囡是敗家產、賠錢貨，早慢要嫁人做媳婦。又講……又講……」紅霞早就褪色了，轉變成青蒼蠟白，下唇瑟瑟顫慄：「又講……講啥肥水不可流落外人田……」末句話太低了，低得好像只咬在齒縫，恨恨地不願讓它蹦跳出來。

「妳住在厝內，哪有吃死飯？也是拚生拚死在做穡：撒菜籽、踩水車、插稻秧、割麻竹筍、挑重擔去梅仔坑市場賣……妳大兄、小弟敢講有比妳做較多？」

「那——也是沒法度的！誰叫我是查某的，又是抱來養的，不是十月親腹生的。」

「親生的、分養的，還不是攏總同款。既然無疼妳，當初為啥要假好心，抱妳來養飼？」

琴柱拴得更緊，激昂成一片抖音。

「抱我來沖喜啊！當時，我大兄才三歲大，病得只存一口氣絲，童乩講要抱一個查某囡來沖喜，才會好起來。」

「會……會叫妳和妳大兄合房，送作堆否？」琴絃嘎嘎地拴扯到極限，像尖尖的指甲劃過毛玻璃，聲音刮刺耳渦、耳膜，沁滲出點點鮮血。

「唔——我毋敢去想、也毋知未來會變怎樣……」

天助打了一個寒顫，茫茫地呆愣住了。

含笑回過神來，又被他傻不愣登的樣子惹笑了。伸手拉拉他的耳垂，故做無事地咋了下舌尖：「大憨牛、菁仔欉！時到時擔當，無米煮番藷湯。該走囉！」

天助擔著心事，恍恍惚惚回到家。話三番兩次吐到舌尖，卻又活生生地硬吞回去。他害怕，因為母喪孝期未滿，就癡心妄想地要討老婆，那是忤逆不孝的最具體明證，他擔待不起。

梅仔坑山野的風是流動的；年輕的心是敏感的，卻也是健忘的。一兩個月過去了，陰霾不再滯留，莫名其妙地化掉了。

天助和含笑笥寮中的情愛，卻像晚春躲過鐮刀的幼筍，在盛夏高溫中，發怒似地竄高，猛得連自己都嚇一大跳。

那年的秋天卻來得特別早。白露過後，聒噪膽怯的竹雞仔，被蕭颯淒厲的秋風驚跑了，躲得無影無隻。滿山遍野的青翠霎時老了，天地間摻進大把大把枯黃的顏料，一攪動就變得混濁憔悴了。

含笑說伊有身孕了。

幾個巴掌打得天助滿天金星。隔著一層淚霧望去，神龕前他阿爸捶桌子、摔茶杯的動作，拉近又推遠，縮小又放大。朱紅灑金的輝煌背景，一場鑼鼓喧天的皮影戲，突然演砸了，線繩糾糾葛葛纏成一團，鑼鼓賭氣地停了。白布幕上，只有抽搐著扭曲、不成人形的影子。

天助眨了眨眼、淚珠碎了。聽到的結論是：

「這款毋知見笑的查某，絕對不允准娶入門！橫直我陳某某的神主牌，無愛伊拿香來拜！」

跪了一夜，阿弟端來番藷籤粥：「阿兄，阿爸透早即出門去囉！」

「去巡田水？」

「不是，伊講去找阿旺嬸來做媒人。」

阿旺嬸跑了好幾趟，職業的經驗告訴她，千萬不能抖出內幕，那是攸關仐梅仔坑風紀道德的大事。她小時候還曾經聽說過，挺著大肚皮的姑娘，被長袍馬褂、飄著白鬍的族長押解著，一路敲鑼打鼓去寒水潭浸豬籠，只因為她不說出、或者說不出播種的是誰。

現在，阿旺嬸感嘆著時代變了，男女大防好像石砌的隄岸裂了縫，河水慢慢浸淹過來，威脅到她神聖的職業。她憤憤地想，若不是陳家允諾厚重的謝媒禮，她可不願自貶格調，去撮合這檔齷齪的婚事。

然而，含笑的養父卻擺明女兒是要留下來「送作堆」用的。

含笑躲在房裡，用大幅白布緊緊裹住微微隆起的小腹。仗著身子骨結實，出門照樣挑筍。直到有天清晨，她放下筍擔，蹲屈在水渠旁乾嘔，嘔得翻腸倒胃，癱成一堆泥時，才被養母拉進內房盤檢。

山區的住戶疏疏落落的，望風臺、屈尺嶺一帶聚有十來戶人家。黃昏，最後的晚霞異常血紅。一陣陣野鳥急撲撲地掠過屋頂，尋找棲息的枝幹。

夜張牙舞爪地來了，籠天蓋地，無所遁逃的黑。偶爾，幾盞煤燈或燭火，試圖挽回一絲一線的流光，但終究無力相敵，歪歪斜斜、閃跳一陣後，不是被風吹熄，就是油枯淚乾地黯了、滅了……

含笑撫著一條條拇指粗的血痕，趕牛皮鞭抽打下來的。屋裡靜悄悄，墓園一樣的空寂；

而她，是唯一未斷氣的活屍。

老掛鐘拖拉沉重的步子，滴！嗒！滴！嗒！滴！嗒！照著老步調，一味忠實地晃蕩。含笑蜷曲在牆角，眼睛辛辛澀澀，再也流不出一滴淚。天光從屋厝最頂格的玻璃透幾線進來，昏茫與清醒的交界，一切顯得更荒蕪、更虛妄。

她知道天就快亮了，但亮了又如何？找條汗巾吊頸去？不甘心！照樣出門挑筍去？夜裡阿爸的鞭叱聲、阿母的哭咒聲，怕已傳遍全村、全鄉了。

這種天大地大的事情，可使梅仔坑老老少少全都炸了起來。這裡的人，向盤根錯節杵立在土地上。每個人都有足夠的能力和精力，數落起別人祖宗三代的瑣事。白天，他們滴著汗，勤勤勉勉種水稻、栽果樹；傍晚，洗掉腳板丫的泥土，拿著大蒲扇，啪啦啪啦地拍趕蚊子。於是，一件件、一樁樁爛掉牙的陳年往事，都可被撣刷掉灰塵，重新在人們嘴裡晾一晾、心裡過一過。地底下的枯骨都被逼迫出來，出來重演一趟愛恨情仇。依然是愛恨情仇，結局卻還是一樣，一樣沒有變，變不了。

朦朧中，含笑渴切地想起生下她的人──那一對從小浮現在她睡夢裡、淚霧中的貧苦夫妻，把她帶到這個世界的陌生人。十月的珠胎，換來一疊錢、一袋紅糖、幾斤麵線。送走她時，是骨肉相離的悲愴？還是生計減輕的慶幸？

摸著自己微隆的小腹——自己的骨肉、天助的骨肉：孩子，世界這麼艱苦，你願意來麼？昨天被灌了那碗烏漆嘛黑的藥，有無傷到你？我拚死保護你的，你知道嗎？你雖然是個意外、是一切的禍端，但我卻那麼想要你。從小，我的世界全是別人的，生父母是別人的；養父母也是別人的，床、碗筷、桌椅，你阿爸、甚至我自己，都不是我的。我甚麼都沒有、都沒有；只有你，你住在我身體裡，你才是我的；是我唯一的，別人搶不走的……

砰！房門被踢開了。

含笑猛一抬頭，身子又震了一下。天光沒射進來，四條黑影倒從門口緩緩移過來，鬼魅般遊離的步子。

養父、養母、大兄、小弟……含笑身子往後縮，抵住牆角。瞪著一雙大眼，惶恐地、備戰地，像弓起背、豎立全身皮毛的母貓。

養父衝上來，劈哩啪啦幾巴掌，含笑嘴角又滲出血絲。

「你看！你們攏總過來看！這是啥態度？我飼養伊十八冬，十八冬咧！未嫁即去討『契兄』，削世削眾，削我十八代祖公的面底皮！」

養母一向待她比較好——比起養父來。拉住發怒的大男人，一番哄勸，當然哄勸中不忘責罵含笑，昨夜的毒打才沒有繼續下去。

兩個小男人則是鋸斷嘴的葫蘆，怯愣愣地縮在一旁。看完這幕鬧劇，他們將會很安分守己，乖乖的等著，等阿旺嬸把兩個陌生女孩，安排到他們床上來。

「莫怪呵！莫怪！叫阿旺嫂來做媒人。『肥肉吞入肚，嘴才唸阿彌陀！』哼！不知死活的臭小子，春秋美夢還真是敢做！我不會讓伊暢心滿意的！」

養父的鬍鬚沒剃，一張同字臉黑油油泛著亮光；檳榔汁日積月累地刻蝕唇溝，染成一潭血盆大口，像是五月端陽掛畫裡跳出來的鍾馗，橫眉怒目，揮舞著利劍，追殺一群精赤著身子、抱頭鼠竄，曾犯過錯卻哀嚎無助的小鬼。

含笑不必再挑筍了，飯菜由小弟送進房。她對自己冷笑，想不到竟然好命起來了。

胖胖的阿旺嬸又來了幾回。含笑貼在房門，豎起耳朵，卻聽不出所以然。她急得快瘋掉，絞著手踱步，一圈又一圈……猛然煞住，臉登時嚇白了。

不對、不對、一切都不對！她從背脊冷起，冷到全身戰慄。沒錯！一項陰謀正在進行，在廳堂神龕前的八仙桌上進行。

她咬了牙，擰了眉，走！今夜就走。不然，就永不翻身了。

下弦月，一點點月牙；露水很重，整座山蒸浮白濛濛的煙霧。看守筍寮的黑狗「苦樂」一陣怒吠，接著主動坐下來，「嗯嗯！嗚嗚！」狂喜地哼叫，尾巴擦動乾樹葉，沙沙作響。

天助猛然驚醒，跌跌撞撞衝出門，將含笑驚惶地、抖個不停的小身子摟住。狠狠地擠、死命地壓呀！恨不得把她腦袋塞進他胸腔，好讓她瞧一瞧、瞧一瞧他的心、他的一切。

她也緊緊牢牢沒命地箍住他，好似手一鬆，她就拆了、墜了……

一大片烏雲飄來，遮住小小月牙，天地沉沉的黑，無邊更無際。兩個顫危危的身軀攀著、纏著、支撐著。秋風照樣冷冽，嗖嗖地鑽進袖口褲管、刺透到骨裡血裡。

含笑仰起臉，搜索他的眼睛：「天助！帶我走，趕緊帶我走！」

天助端起她的手，黏黏溼溼的。他以為是淚，用力一瞧，是血——深深割裂的傷口、和著泥沙，蛇彎在她青瘦的手背；幾片指甲也裂了。

他驚呼、心也跟著汩汩冒血。她的手卻猝然抽回，藏在背後，一臉的堅毅與慘然：「免驚，毋會疼的！」眼底沒有積水，只有熊熊爆裂的紅焰：「走！帶我趕緊走。若無！伊們會馬上追過來。」

走！是的，天助心一横——逃離這個村子：逃開溪邊捶衫洗褲的三表姑、六嬸婆；逃開廟口翹腿抽菸的大舅公、四姨丈；逃離紅供桌上漆紅描金的神主牌位……逃得遠遠的，消失似的，他們倆或許就可以活得自在些，用不著彎腰躬背，踩在自己的自尊上，越踩越低……

孩子生下來，或許像他、或許像她；也許都像、也許都不太像。唉呀！隨便怎樣都沒關係，不相信這麼遼闊的天地，容不下兩個平凡但相愛的男女？

天助強而有力的胳臂，緊緊實實圈住含笑。月光鑽出烏雲，幽幽潑灑下來，一點點就灑了個清明澄澈。磁般、玉般一對透亮的人兒。

可是——他沒有、甚麼都沒有！空空的口袋、空空的一切，要怎麼走？走到哪裡去？僅僅這一轉念，月光就昏了、滅了。天助前額冒出涔涔冷汗……

是的，走了，就回不來！阿爸受不了冷言冷語，會在村人面前，賭氣地、絕決地，用飽沾硃砂的毛筆，劃掉家譜中的「陳天助」。阿爸會赤紅著兩眼，握緊拳頭，砰！砰！砰！捶打桌頂：「我無生這款後生！我無生這款後生！」

走了，就回不來！沒有溫溼鬆軟的泥土可耕、沒有鮮肥的魚蝦可網，他看著自己的一雙大手大腳，它們能幹甚麼？

是的，走了，就恩路兩絕！儘管阿爸過年吃團圓飯，沒有外人在時，也許會多擺一副碗筷；也許會多喝一些悶酒；也許會關在房裡長吁短嘆。但是，倔強的老人會強管住自己，不會叫兒子回來，絕不會……

天助的手軟趴趴垂下，換成他瑟瑟抖著。秋空中，點點寒星，是一粒粒希望又絕望的種子。怎麼辦？他闔起眼皮，不敢望了。

黑狗苦樂又瘋狂吠叫，奔衝了出來。

一陣狂罵踢打……含笑從他背後被拖拉出來。

砸破了，摔爛了，他和她小小的世界……

一個月後，含笑出嫁了，嫁在嘉義縣最邊陲的角落——占子社。新郎天生是個瞎子。依舊是花布衫褲，沒有任何陪嫁；頭上蒙著一塊紅帕，腳不沾地、遊魂似的被阿旺嬸架上花轎，一山一水、一水一山，直被送到天涯海角。

天助心怯的一切，由她一個人去面對了。

男人到底好辦些，較容易被寬恕，不需要走——雖然，留下來不一定比離開好過。

然而，女人真的永遠回不來了。花轎一離地，含笑養父就在門口壓下一塊大石頭，執香立誓：「石頭擋門口，新娘不回頭；石頭擋廳堂，新娘放水流。」

這叫「擋路」——被擋路的新娘，才真正是被潑出去，任人踐踏的水。

十年後，天助才結婚。是他阿爸花了一大筆聘金，從鄰村娶來一個溫馴的、習慣於逆來順受的女子——也是養女。

阿爸死後，天助分了家產，當上了戶長，卻一口氣連生五個女兒。他發誓絕不重男輕女，但是，女兒滿月時，他照例喝個爛醉，踉踉蹌蹌地爬進筍寮，抱著含笑曾蓋過的舊棉被，哀哀地慟哭一夜。

他渴望的兒子，終於在他四十歲時才生出來。從接生婆手中捧過紅冬冬的男嬰，他又是笑又是淌淚。這才是他的兒子，可以冠他的姓、喊他阿爸、接他香火的後生。

他知道占子社的男孩已經十九歲了。他很想，很想看看他；看看他到底像誰？哪怕只許一眼，一眼就夠了。

妻又生了一男一女才打住，一共是八個。他的確沒有重男輕女，賣掉了許多田產，好讓女兒和兒子一樣受高等教育。不像鄰家的小兒女，國校都還沒畢業，就送去學燙髮、做裁縫。

孩子們的畢業典禮，他一定打起領帶下山參加。當風琴揚奏起憂傷的驪歌，他就墜入恍恍緲緲的過去……

他恨、恨僅僅一剎那的躊躇，就使他輸掉一切，生命就這樣被挖空了、抽乾了。

他忘不了，忘不了含笑被拖走時，惶恐又絕望的眼神。他抱住頭，撕扯著白髮。要是當初他讀過書，識得一些字，他就用不著那麼害怕，害怕挑戰不可知的世界；含笑和他的親骨肉也就用不著，用不著含垢忍恥地活在陌生而遙遠的異鄉。

他是悔恨的，但日子照樣要過。活下去其實不一定需要理由；但沒有理由的活著，往往是一種煎熬和無奈。

他忠實地、誠懇地、補償似地為人夫、為人父。但是，烈焰畢竟燃燒過了，只留下了冷灰。冷灰下或許還有幾點熾紅的星火，但是覆蓋太厚重，永遠也無法復燃了。

五十年前的淚還沒有乾；五十年後的月卻已西沉。

天灰濛濛，一寸寸地發亮。老伴躡手躡腳進來；天助垂著兩手，頭歪一邊，正沉沉地酣睡。桌上滿滿的、擠壓得扭曲變形的菸屍。她把電扇後腦勺的固定栓拉起，讓風吹向牆壁。拿起菸灰缸，輕輕地帶上門……

辦桌的屠煮師傅來了，曬稻埕上架起青白橫條的帆布棚。棚子的正中央，一顆紮著塑膠玫瑰的大綵球高高掛著，四面結纏披掛出五彩喧鬧的萬國旗。十張大圓桌兩列擺開，鋪上紅布巾。瓦斯爐呼呼大喘，砧板、菜刀齊飛，鍋、鏟鏘鏘敲響。

天——被炒亮了。

老伴又躡手躡腳地進房。天助已醒，坐在床頭抽菸。她生氣了：「呷菸呷一瞑，透早起來又再呷。鼻孔做煙筒、肺胸做灶炕，早晚燒到變火炭酥。」罵完，自覺失言，呸！呸！往地下吐口水，腳用力擦了擦：「無禁無忌，活百歲二！」

她遞出了一個信封：「哪！郵便李先生一透早就送來的批信——是限時的。我問誰寄的？伊講是占子社寄來的。」

天助嘴角的菸掉了，抬頭睃望了老伴一下。

老伴斜著眼，一臉皺紋都是捉狹的笑：「手免顫啦！無人會搶去。青瞑牛！看你按怎樣看批信？好膽，去叫你的後生阿和唸給你聽。」

天助果然不敢叫兒子讀信。急慌慌找到老友水田，一路拉到竹篁底下。

他心臟直咚咚地狂撞；點點汗珠滴下眉毛，刺得兩眼發脹發疼。是那條線嗎？斷了五十年的線，能續？續得了嗎？五十年來，偶爾有一點點消息，像春天的游絲飄過眼前，但畢竟捕不著、抓不到。晨光透過竹葉，篩落一個個不成圓的光影，他眩暈了，指甲掐住人中，使勁一壓；會痛，嗯！不是做夢。

阿叔您好：

我是阿水。我沒進過學堂，這封信是唸給厝邊阿成寫的。

我老早就知道您是我的生父。但是阿母說：「生的放一邊，養的大過天。」所以，我一直沒敢認您，請您原諒。

去年冬至前，我阿爸過世了。阿母難過了好久，現在才慢慢看開些。他對阿母和我還算不壞，不過太愛喝酒了，米酒頭一灌下去，我們就悽慘落魄。他雖然看不見，卻摸得到牆角的鋤頭柄，一打下去，往往就烏青凝血。

小時候，我拚命地閃逃；阿母都直挺挺站著讓他打，不掉一滴淚。後來我不逃了，阿母把我摟在懷裡，用背護著我。長大後，換我護著阿母。不過，阿爸年老了，打得不痛了。

年輕時不懂事，挨打後就拔出山刀，猛砍屋後的冬青樹。有一次，阿母搶過刀子，在她手背舊傷疤上狠狠地劃了一刀。她說，任何傷口都會癒合結疤，除非一再地去割它……人心內的一點點怨毒，是會害慘人一輩子的。

哦！廢話不多說了。阿叔！您身體好嗎？我還不壞，雖然都快五十了，打山羌、挖蘭草的粗重事，都還做得贏。阿母也很康健，她今年冬天就可以抱曾孫了，正忙者縫睡袋、裁尿布哩！

差點忘了告訴您，我下面有三個弟弟、一個妹妹。我自己有兩個後生、一個查某囡，全部都嫁娶了。阿母現在「吃伙口」，輪流住在我們四兄弟家，一家輪住一個月。

阿叔！上個月，阿和弟來找我，要我去給您過七十大壽。他真厲害，這麼山頭嶺尾的住所，他也探聽得到。阿母說，他長得很像您，只是比您白淨些。讀書人到底比較斯文；我是個粗魯人，不知道您會不會棄嫌我？

阿叔！後天是您的生日，您一定很忙。我決定還是大後天再帶妻兒、媳婦、孫子們去向您和阿嬸拜壽。

阿嬸託阿和弟帶來的布料，阿母很喜歡；吩咐信上要特別向阿嬸致謝。她也準備一份禮物要我轉送阿嬸，到時候就知道是甚麼了。

阿叔！從小阿母就教我這麼稱呼您，我在心中叫了四十多年；不想改，也改不了了。我的兒媳婦問阿母說，他們要如何喊您，阿母隨口就答：「叫叔公！」阿叔，但願您真的不會生氣。

不多寫了。

敬祝阿叔：

福如東海　壽比南山

姪兒阿水叩拜

民國七十八年七月十二日

水田將信塞還給天助，紅著眼睛走開。

竹簞裡，只剩唧唧的蟲叫。天助把信緊緊摀在胸口，淚水滔滔流滿一臉。「生的放一邊，養的大過天」，含笑！兒子像妳，也像他自己。那樣的悲苦，那麼多、那麼久，竟然可以無恨！含笑，妳是怎樣的女人！

風在竹林梢追逐，一波又一波旋盪掠過。竹雞仔頓頓跳跳地啄食，噗噗拍動翅膀。天助小心翼翼地把信摺好，貼放在胸前；掏出手帕，擦乾眼淚……

抬頭看看天，是湛藍色的，沒有烏雲。他心一寬，中午一定不會下西北雨。要下，也會晚一點，等大家都吃過豬腳麵線後。

明天也一樣，他確信。

美人尖

虐

梅仔坑街上的天色，比牛薩腳亮得快一點、早一點，至少阿嫌這麼認為。不用雞啼、不需鐘鬧，五點一過，她準時悠悠醒來。

掀開棉被，一骨碌就翻身起床的那股勁道，已消失好久了。她緊巴巴閉著乾澀的老眼，努力要抓回一絲睡意，無奈頭殼中千萬隻鎚子、鋸子，早已鏗鏗硑硑動員起來，停都停不了。

「都是一些氣身惱命的凝心事，拖磨一世人，到這款地步，還放未落去。真正是憨大呆！無藥醫的憨大呆！」阿嫌為自己深深嘆了一口怨氣。

賴不得床了，只好緩緩坐起來，周身骨節嘰哩嘎喇一陣亂響，跟她作對：「活老剁未動土豆，有啥路用？有啥路用？」她恨恨地咬牙。

正月裡，空氣是一隻隻銳利的冰鑽，包抄圍剌獨居的老人，殺進她厚重的衣裳。陰幢幢、沉甸甸的天，像巨人伸過來的腳掌，猛力壓著、踩著，狠狠搓著、揉著，一陣陣踹踢之後，本來就歪傾的屋頂，幾乎都快塌陷了。

舊掉的年過了、走了；新生的年到了、來了。

可是，日子沒甚麼兩樣，依舊沒一個看得順眼的人，沒一件可以稱心的事：「攏總是糞圾！臭死人的糞圾！生雞卵的無；放雞屎的一堆。」她嘟嘟又噥噥，整個胸腔也悶悶重重，彷彿被烏沉沉的天踩著、踹著。

風一陣緊過一陣，夜裡推窗忘了拴緊，一大清早又被強風吹開，啪噠啪噠亂響，摑耳光似的來回搧打。木製的框架或許沒感覺，聽的人耳朵倒是又麻又疼的。

床總是要下的，阿嫌揉了又揉、搓了又搓凍麻的兩腳，從腿肚敲敲搥搥到腳踝，再從腳趾揉揉按按到大腿。那種酸麻卻也來來回回好幾趟，甩不掉也趕不開。

過了好一陣子，她才用兩手搬動大腿，一寸一寸挪移，移到床沿、垂到床下。搬完左腳，換搬右腳……

這個再熟悉不過的動作，又讓她生起氣來——沒錯！五年前，她天天搬抬另一雙青白、瘦垮、麻痺、癱癱瘸瘸的腳，上下床鋪、上下輪椅、上下馬桶……

十年，整整搬抬了十年，日日期待解脫的一年……偏偏火旺那隻老猴，吃得、拉得、睡得；就只有動不得、死不得。清理他失禁的屎尿時，滿腔的怨怒就發洩在他青瘦的腿上，指甲掐、鞋尖踢，或乾脆左右開弓，劈噼啪啦摑他幾個巴掌……

火旺頂多像街頭的流浪狗，莫名其妙被人踹，唉哼幾聲，連淚都不流了。

……輕輕晃動酸麻的兩腳，她難得這麼聽話——梅仔坑的「老人會」常請醫生來演講，千叮嚀、萬吩咐，要老人家起床時，千萬要分解成慢動作，一樣一樣緩悠悠、閒蕩蕩地做，免得一下子血爆腦門、口歪眼斜的，變成人不人、鬼不鬼的癱子。她怕、怕極了……儘管性子再怎麼躁烈，也不得不低頭奉行、乖乖演練。

但是，今天的血液流動得特別慢，腳掌、腳趾連帶著膝關節，有千萬隻縫衣針在細細地扎、密密地戳，一點都不容情。

「那十年，那隻臭老猴的腳，是不是也這種麻痹？這款痛疼？」她心念一動，愣愣坐在床墩，腿腳、膝蓋更是劇烈疼麻起來，也十年似的，沒完又沒了……

人死都死去五年了，何必再想？想下去只會氣惱而已，有啥效用？她決定吸支菸，定一定神！

五斗櫃的抽屜有些卡住，使勁拽了好幾下才拉開。那是六十五年前，陪著她出嫁的物件。純柚木的上好材質、閃著黃潤潤的光澤，同村的姊妹淘們，曾經又是摸、又是嗅的，一個個眼珠子都快掉落出來。現在，人老、東西也跟著老，不是榫頭鬆脫，就是隔板漏底，再怎麼釘釘敲敲，也修不回從前的樣貌。

她指尖哆哆嗦嗦一陣摸尋。摸到了，是老鄰居阿桂過生日分送的「長壽」菸。硬殼的黃紙盒，南極仙翁腫著、禿著光亮的大前額，飄垂一長把雪鬚、拄著葫蘆枴杖，對著她笑瞇瞇、樂呵呵……

阿嫌莫名其妙又發火了：你是死仙或活仙？老佝佝了，嘴鬚長到肚臍可打結了，難道就無身苦病痛嗎？你的老伴呢？不必你把屎把尿吧！你兒孫媳婦呢？沒有「飼老鼠咬布袋」吧！身邊沒婆又沒猴的，你也笑得出來？你騙得過玉皇大帝、騙得過十殿閻羅，卻騙不過我一個老查某人。哼！免想要牽我的鼻子四界走、憨頭憨面玲瓏旋、黑白轉……

她抽出一根香菸，用力丟開長壽翁。抖著手，顫顫危危擦亮火柴，吸一大口，鼻孔射出兩道煙霧，直猛猛的力道，用來噴洩她滿腔的恨火。

不過，空氣畢竟太冷冽了。煙霧一冒出來，就被寒氣稀釋掉，變得絲絲裊裊、牽牽連連的，慢吞吞地將她圍繞。等徹底滅頂後，再懶飄飄地散開、離去。

……圍湊過來、飄散開去的，不是煙霧、不是寒氣，是死去的冤家、死不去的記憶。

好幾回，火旺看著她吸菸，兩隻灰朽的眼睛，竟然閃射出亮光；開不了口的喉嚨，也擠壓出唷——咿——唷——唔——，嬰兒索奶般的聲音；嘴角溢出涎沫，黏黏搭搭，垂滴到下巴。輪椅上，黑、乾又瘦小的軀體，像已枯掉的蔓藤，卻仍不死心攀挪著。一隻還可稍稍移動的左手，死命伸向她、可可地索討向她……指頭帶著手掌，手掌連著身子，窸窸窣窣，全在顫抖。

阿嫌冷冷地瞧著他看，嘴角向下撇，目光是飛射出去的兩把匕首，朝著枯藤狠狠地戳、恨恨地刺——不是血肉相連的夫妻，是前世今生都甩不開的冤孽。

她挑抬了眉毛，衝著火旺的口鼻，噴出大口大口的白煙。

她樂了！漫漫長長、無休無假的看護工作，這算唯一的薪資，可以任意揮霍的報酬。

昔日的老菸槍，被撩撥得全身癢吱吱，拚盡所剩無幾的力氣，呀——唔——呀——哦——哼哼唧唧叫著。劇烈的癮頭，支配著哀哀的懇求，已無尊嚴的軀殼，更加卑下了。

阿嫌玩心大起，食指、拇指夾出嘴上叼的菸，向上慢慢舉高；火旺隨著她的動作，也顫危危向上抬手……舉高舉夠了；再來，向左一歪，他抖呀抖跟著歪……向右一偏，他顫呀顫跟著偏……是替他做復健哪！這麼用心、這麼盡力，有誰能夠？有甚麼不對？誰敢說不對？

……偏夠了、歪夠了，心一橫，用力向下一甩；火旺撐不住的肘臂，也緊跟著下墜，硬撞上不鏽鋼的椅架，喀啦一聲，葡萄乾似的老臉，痛得更皺癟、更扭曲了。

她卻還沒玩夠，菸再伸出一點、向前一點。他果然不死心，也抖顫著枯藤的尾尖，颼颼向前伸爬！往前索求！久違了，那滋味……昔日的避風港、定心劑；可跑可跳時，往口袋一摸，就可吞吐的人生美味！

阿嫌卻陰陰笑了……再向前一點、伸一點、傾一點……砰！輪椅上栽落僵直的身軀，額頭腫起來，像粒烤紅的鴿子蛋。

扶還是要扶上去的。他像半死的瘟雞，被阿嫌丟擲進輪椅，再補踢一腳：

「愛呷菸！呷了去替人死，呷了去替人死呦！膨肚短命路傍屍，也不趕緊去死死咧！早死！我才早出頭天！」

她狂亂地斥罵，卻很有節制地壓低聲調。梅仔坑的三姑六婆像魍神仔，薄薄的石灰牆後面，說不定貼靠著好幾個耳朵呢！她可是丟不起面子的人。

但是，壓低聲調就壓低了憤恨，她不甘心、更不過癮，索性將火紅的菸蒂，塞向他乾癟的嘴唇。

火旺悶哼了一聲，既哀嚎不出、也呸吐不掉。

……阿嫌快快樂樂笑了。

冷冽的寒氣，燃燒她嘴角的一星火紅。

記憶是灼燙後固執的傷疤，隨著一吸一吐，在昏沉的煙霧中隱隱浮現。但終究漸漸弱下去了——弱下去了——

徹底熄了、滅了！灰黑彎扭的菸燼，終於垂落、墜下……

阿嫌手一揚，將菸屍拋向牆角。

那年，火旺死去活來好幾回，最後才真的斷了氣。

斷了氣——

眾目睽睽之下，冷靜等候的阿嫌知道該怎麼做：她撲身抱住那截僵扭乾癟的枯藤，握住拳頭，一下又一下地捶打床板，崩天裂地的嚎哭……一浪高過一浪。

眼淚——竟然不是強擠出來，是滔滔流下的，連她自己都嚇一大跳！

沒錯！六十年的夫妻，再怎樣怨毒，人死了，還是不能不悲！搬上搬下、把屎把尿的十年；黑黑漫漫、孤苦無助的十年，更加不能不悲！

於是，越哭越悲——越悲越哭——

越是悲、越是哭，越感受到背後的目光，一道道都在嘲弄、一束束都在冷笑，像無數把電火炬、探照燈，狠狠射下來、刺進來，穿透她的背脊、命中她的心肺……娘家的、婆家的、鄰居的，甚至連兒孫的也在內。

於是，她更哭得摧肝斷腸了。

炸

「糞圾！都是糞圾！新年新光景，想一大堆烏魯木齊的喪氣事，要去替人死呦？」阿嫌連自己也狠狠地咒罵起來。

心臟還是悶痛，這幾天老是這樣。兩三年前臉不紅、氣不喘，一提腿就衝上去的斜坡，現在要分成三四段，每爬一段就大喘一兩回。人呀！鬥得過別人，也鬥不過自己；鬥得過自己，也鬥不過年歲！這一回，從不認輸的她，徹徹底底對歲月屈服了。

沒錯，加加減減是八十一了，想不到憋著性子，賭一口怨氣，一下注就是押上一輩子。一輩子——漫漫長長的歲月，既下不了檯桌，又翻不得賭盤。如今，累積到這樣的歲數，拚鬥出甚麼戰果？有哪一項可以安慰？可以炫耀？

阿嫌對著自己哼哼冷笑，揉一揉酸澀的老眼——已好久不哭了，隨手抹去的，只是眼角泛濫的淚油……

她屬於中等身材，不矮也不胖。五六十年前，或許是個美人胚子；五六十年後，卻已是變了形、脫了水的焦黃。

從前，她的眼睛是晶亮亮的天星；而今，水盈盈的眼白，早被歲月抽乾成沼泥；黑鑽石的瞳仁，也黯淡成粗糙的石礫。手背及腳掌的筋脈，依舊蔓爬著，但已不再紅潤與強勁，只剩下軟趴趴的倦怠，遙想不起少女的渾圓、農婦的健壯。

她低低垂著頭顱，脖子的肉皮鬆垮垮，擠垂在下巴。髮鬃為了省事剪短了，有些像小女生的清湯掛麵，卻已是霜降後的秋草，稀疏又蓬亂。

黑灰的夾襖，黑灰的棉褲……整個身影，是一團烏水漬，浮透在骯髒的灰牆面，黯淡又模糊。

她屈指算了一算，今天是正月初九「天公生」，難怪子時起就有起起落落的鞭炮。天發亮的腳步一加快，左鄰右舍就約好似的一起大鳴大放。焦灼的硝煙飄進來，辣衝出一臉的淚油及鼻水。這是大剌剌的節慶、也是侵門踏戶的淩遲。

阿嫌磨蹭著細碎的步伐滑向前廳，儘管衰去老去，只要一站起身來，她還是努力挺直背脊——尤其是在人前。

秦叔寶、尉遲恭兩個門神，披甲戴盔、握刀挺劍的，被死死黏在木板上，固守著陳舊的過去。阿嫌兩手一推，兩個罰站一千多年的大漢，就側轉過身子、一左一右，滿臉猙獰地與她並立，看往不同的方向。

不同的方向，吹來相同的強風，晃蕩起家家戶戶掛出來的炮串，一陣陣前盪後甩、左搖右擺的。大人拿著香炷來點燃；小孩摀著耳朵、張大嘴，躲在大樹後，歪探出半個身子，瞧呀瞧！又愛又怕……

垂地的炮蕊一點燃，扭吐著蛇信般的火紅，嘶嘶趔趔向上竄燒，霹靂啪啦猛爆猛炸！甩盪一身的熱血、炸爛火紅的炮身，無遮無蔽、不遁不逃的，把自己炸得粉身碎骨！

……炸得粉身碎骨，賭氣似地……

只因怒火被引燃，就炸掉了一身與一生！值得麼？

為何要這樣？沒這樣又會怎樣？到頭來，這一身一生是贏？是輸？

阿嫌深深迷惑了，看得更是癡了、傻了。

鞭炮懶得理她，自顧自霹靂啪啦地炸。大把大把的紙灰、炮屑，又嗆又濃的硝煙，蒙頭蒙臉飛撲向她……飛撲向她……

花嫁

六十五年前……

……十六歲的小陽春，暖暖香香的三月天。杜鵑、鳳仙、海棠花、日日春……你搶我奪，開滿了梅仔坑高高低低的山坡。

富貴雙全的大妗婆為阿嫌梳頭、開臉：

「新娘挽面光鮮，出嫁幸福年年。」

「頭插稻穗，萬年富貴。」

「頭插鮮花花正紅，孝子賢孫生滿堂。」

阿嫌低著眉靜靜聽受，胭脂和著嬌羞，飛紅了雙頰。

紅豔的喜帕織綴著金黃流蘇，她用食指輕輕捲繞，一圈圈扭繞緊了，慢慢放它鬆開；再捲繞它一圈圈……一股小小流泉，有著飛濺的激盪，也帶著清涼的甘甜，旋盪在她胸口，旋呀旋！盪呀盪！……旋浮在花紅錦簇的天地！激盪在懵懂年少的青春！

起花轎前，阿娘靠在轎邊小小的窗，雙手捧著女兒的頸哭泣，一面哀哀哭泣、一面履行身為人母的天職：

「要條條記住喲！萬事和為貴，家和萬事興。嫁過去要孝敬妳尪婿的父母，也就是妳的『大官』、『大家』。查某人本來就是油麻菜籽命，認命打拚毋反抗，日子就好過。等一下，要記得將這隻摺扇擲出去花轎外。『放扇落地』——就是要放掉所有在外家厝的歹習慣、歹性情……『嫁雞伴雞飛，嫁狗隨狗吠』，萬事萬項要斟酌、要細意，毋通大主大意，新娘才會得人疼。有聽見否？」

阿嫌雖也跟著阿娘哭，但四鼓八音太熱鬧了，淚痕不知有無糊掉了妝？畫了好幾個時辰呢！

嘿呦！嘿呦！起轎了，阿嫌按照阿娘的指示，伸手抓緊轎邊的扶槓，兩腳狠狠抵住踏板，穩住好身子。

轎簾子輕輕一揚，她拋出了摺扇；眼角卻瞥見阿娘彎低腰身、鞠了好幾個大躬，塞紅包給轎夫：

「頭家、師傅：山路彎彎崎崎真歹行，千萬不好搖著、顛著新娘。拜託！拜託！細意慢慢行，佛祖、菩薩會保庇您們富貴久久長！」

阿嫌心一酸，溼紅了眼眶。相依為命十六年，她這一去，守寡的阿娘日子要怎麼過呀？但是，眼前要面對的一切，太多、太新、又太快速了；十六歲的她忙得很、興致高昂得很。儘管捨不得家、捨不得阿娘，也學不來村裡姊妹們上花轎時的呼天與搶地。

沒嚎啕大哭、沒掙扎拒上花轎，阿嫌毫不做作的高度配合，倒成了日後梅仔坑茶餘飯後的笑話。

而且，成為笑話的，才不只有這一丁點而已！

不曉得是阿娘的紅包太薄？山路太彎太陡？還是她從小刁蠻的名聲太響亮？總之，轎夫就是故意顛她、整她。

一路上，伴隨著嘿呦！嘿呦！的腳步韻律，花轎先是上上下下震晃。不一會兒，轎夫就像靈童起乩，虎虎生風向前衝；暴衝到路底，再猛踩腳跟頓住、煞住。連續衝衝頓頓好幾回，小小花轎就變成滔天惡浪中的一葉孤舟了。

阿嫌吃足了苦頭——彷彿有隻可惡的魔手，伸進她溫熱的肚腔，一陣又一陣翻攪、搔扒……捉弄好一陣子，節奏變快了、力道加強了，整副肝膽腸胃，被大魔掌狠狠掐著、捏著、壓擠著，捏擠得阿嫌「哇！」「哇！」張口大嘔——嘔出未消化的早餐、嘔出少女的矜持、嘔出新嫁娘的尊嚴……嘔到最後，眼淚鼻涕變成西北雨，花容月貌哪還能存在？就連綠綠的膽汁都吐了出來。

吐光了、嘔盡了，阿嫌癱軟在花轎內，喉嚨還有一下、沒一下地痙攣。額頭爆滿一粒粒汗珠，潰流了下來，流成一溝溝、一條條憤怒的河渠，洶洶又湧湧……

為何這麼遠？甚麼時候才到得了？是遠在天邊？還是隔在海角？那家姓啥？那人叫啥？是要嫁去伴雞飛？或是嫁去隨狗吠？

阿娘曾偷偷說，是隔了好幾個山頭的牛薩腳，連伊都沒去過的李家。

李家，阿娘沒去過——伊沒去過！怎麼就黑白送嫁女兒？

那個人，阿娘說也沒看過——伊沒看過！怎麼就隨隨便便收下聘金、訂下嫁期？

阿娘說：男婚女嫁，自古以來就是這款樣——這款樣！伊就能安心？我就要認命嗎？

一條路顛顛又簸簸、一顆心更是忿忿又怨怨。搖搖頓頓的花轎，在嗩吶銅鑼的導引下，又進了一座庄頭。

突然，翻攪的海浪、呼嘯的海風全都停了、靜息了……四個轎夫像被巫婆施了魔法，全體化為石像定住了。一路吵架過來的鑼鼓嗩吶，也一下子被掐住喉嚨，徹底啞掉！

空氣中凝結著沉悶，沉悶中透露著不安，悶在花轎內的阿嫌，更感到窒息與狂亂：

「慘了！慘了！白虎煞來了，白虎煞來咬新娘了。」她一陣顫慄，一張臉，嚇得青損損、白蒼蒼。本能的反應，就是要拉掉紅蓋頭、掀開轎簾子，拔腿就逃。

但是，「出嫁那一日，天不大、地不大，新娘神最大、新娘神最大！」她安慰了自己，也縮回了想衝出花轎的腳。

「五叔公一透早就叫孫子水生去青竹林，挖一枝有莖有節、連鬚又帶根的竹子，妥妥當當做成『竹掃』。阿娘也按照老大人的吩咐，在竹掃根頭綁上一大塊生豬肉，又塞給水生大紅包，拜託他頭綁紅布巾，扛起竹掃，走在最頭前，替花轎開路避煞……那塊五花大豬肉，一定可以騙過愛咬新娘的白虎煞，保我一路平安，不會被吃掉、被煞衰呀！」

阿嫌胡亂想著，不安的氣氛卻也持續擴大著。

轎槓子頂放在轎夫的肩頭，既不抬向前，也沒放落地。阿嫌整個身體和心情，也全被懸起來吊著，上不上、下不下……

「新娘！妳免驚惶。有人向妳尪婿的阿母，講妳有『額頭叉』。伊煩惱一大堆有的無的，所以，按照古法，拿『竹篙叉』半路攔花轎來破解。伊是妳的『大家』，是厝內尚大的長輩，妳千萬毋通反抗，只要在最後，大聲應一句：『我會認真來旺家！』就平安無事了。」媒婆附在轎旁，輕輕掀起一角布簾，輕描淡寫地叮囑著。

阿嫌緊張了，這是為甚麼？我有「額頭叉」？

額頭叉？她摸了摸光潔的額頭。新婦不准有瀏海，今天，是她第一次攏梳起前額的髮絲，露出整個額頭，怎麼立刻就有話傳到那邊去了？

……但是，大妗婆為她梳頭時，明明還嘖嘖稱讚她額頭有難得的「美人尖」，笑吟吟地唸好話：「美人尖，嫁出旺夫家；米穀金銀，堆積如山尖！」

怎麼隔幾座山頭而已，旺夫家、積財寶的「美人尖」，就變成了需要攔路破解的「額頭叉」？這是啥道理？

阿嫌很納悶，但一切來得太突然，她嚇住了，不知怎麼對付？

花轎前面，阿嫌未來的婆婆，所謂的「大家」，一個肥肥短短，滿臉精算的中年女人，仗著當家作主的氣勢，揮舞一根長長的木叉子——那是晾曬衣服時，頂竹篙上高架用的。

她從胏葉裡迸出最大的聲音，不只震撼了迎娶、送嫁的隊伍，也驚嚇到山林的鳥獸樹木：

「俗語講：『新娘額頭叉，不是死尪婿，就是死「大家」。』娶伊入門前，我這個『大家』必須要攔花轎來破凶解厄。請各位毋要見怪。」

說完，她用木叉正對著花轎垂墜的布簾，刺挑三下——狠狠的三下：

「額頭叉！額頭叉！妳叉，我也叉，叉妳來旺家！」

「快應！快應！大聲應！」媒婆緊張催促著……

「我會認真來旺家！」

阿嫌到底是回應了，但像被狠狠刮了幾個大耳光，金星在眼前亂竄亂冒，一陣陣的暈眩。喉嚨沒有哽住，聲量也不小——硬擠出來的，像指甲刮過玻璃，高亢又尖銳，一刺進耳膜，所有的汗毛嚇一大跳，全豎立起來。

花轎可以起動了，一葉孤舟又旋盪在滔天巨浪……顛沛流離中，阿嫌從袖口抽出紅絲帕，抖著手，按乾美人尖下的點點汗滴；連同眼角湧出的淚漬，也一一拭去……

婚與昏

到了，到了！花轎終於著了地。

鞭炮聲中，一個圓滾滾像娘家大妗婆的老婦，笑呵呵、彎腰扶著小男童的雙肩。男童則捧著紅瓷盤，端放了兩顆柑橘，請新娘子出轎來。

渾身金噹噹的阿婆嚷道：

「紅柑圓圓，富貴年年！」

「新娘出轎來，添丁大發財！」

富貴！發財！嘴巴唸唸就有了嗎？長漫漫的一生，有富有貴就夠了嗎？阿嫌疑惑著。但還是按照阿娘的交代，遞出紅包壓了盤，再緩緩被攙扶出花轎。

接著，媒婆高調唸起一大串「四句聯」：

「一帆風順見光明，情投意合訂三生。兩人情深成雙對，真像明皇選貴妃。兩心意愛加富貴，幸福美滿伴相隨。」

論音量、論架勢，絕對蓋過老阿婆，是希望紅包厚一點吧？

阿嫌不禁又一陣噁心……騙天、騙地、騙憨人，我差點被顛死在花轎內，哪有啥一帆風順？人都沒見過，哪來的愛不愛？「明皇選貴妃」？咦！戲棚上演出的歌仔戲，不是一個被勒死，一個孤獨到老死嗎？哪有甚麼成雙又成對的？

鞭炮轟轟烈烈地炸，炸到阿嫌耳朵都快聾掉。霧騰騰的濃煙，薰得她淚水直冒。鼻頭、喉嚨都被嗆到，引起一陣猛咳，咳得她昏天黑地。

昏天黑地，不只是因為咳嗽；頭上蓋著一條血紅綢帕，見不到路、看不到人；新的繡花鞋不合腳，走沒幾步就踩到裙擺，一個踉蹌接著一個踉蹌。雖有媒婆、喜娘穩穩架住，也是狼狽不堪。

「過火盆，去不祥！」進大廳拜祖宗前，她被帶領跨過一爐炭火。

「火爐燒旺旺，穢氣無處藏！」媒婆又對眾高喊。

阿嫌乖乖照著做，心裡卻恨恨地想：我好好的一個女兒身，哪有啥穢氣？哪有啥不祥？邪神惡鬼欺罔人，也不會這麼惡質！

「停轎破瓦自無邪，生火生炭旺夫家。」

「新娘踏瓦破，一切的『破格』，攏總先棄破。」

這是啥款所在？為何初到這裡來，就一再被糟蹋？我好好一個女孩兒家，阿娘把我摟在懷裡、含在嘴裡養大的，會帶有甚麼「破格」？甚麼「邪氣」？侮辱！是對阿娘天大地大的侮辱……

阿嫌的怒氣，洶湧翻騰在胸口，有點壓抑不住了……

但是，阿娘講的：和為貴，油麻菜籽命！油麻菜籽命！阿娘教示的，不要違背！不要違背！……

她強忍住了，依照媒婆的指示，用力踩碎鋪在門檻前的一塊瓦片。偏偏瓦硬鞋軟，踩了好幾下還不裂。阿嫌急了，併起雙腳，使勁往上跳縱、再用力蹬踩下去。嘎啦一聲！終於裂碎了。

瓦碎的聲音不夠大，掩蓋不了四周的哄笑聲。一群三姑六婆們立刻圍過去，蹲趴下身子，竊竊囁囁地研判「瓦相」。據說——那可推斷新娘子是旺家或敗家的料。

「兩姓合緣，子孝孫賢。夫妻和樂，萬代添福！」

「一拜天地；二拜祖先、高堂；夫妻對拜；送入洞房。」

常見歌仔戲結尾的大團圓，再來就應該煞戲散場，解脫這一場災難了吧？阿嫌一一照媒婆的口令做去，僵直的身子，扭曲的苦臉——好在掩在紅帕後面，沒人看得到。

但是，被拜的是誰？對拜的是誰？為何要被遮住臉？遮住臉！會不會就遮住一輩子？至少要先看他一眼！要廝守終身的男人，怎不許看？是誰訂的邪門歪理？就這樣拜下去，蒙頭瞎腦地拜下去，哪一個女人不驚慌？

一串串「四句聯」，又從媒婆口中傾倒出來：

「新郎新娘入洞房，今日魚水喜相逢。明年天上送貴子，富貴長壽福滿堂。」

職業的語調、過度熟練後的誇張，強化了婚俗的荒謬。阿嫌只覺得眼前群魔亂舞，暗想：入洞房後就有未來嗎？未來——真的能多子多孫、富貴壽福嗎？

她心慌意亂，只渴望這場拖棚的歹戲趕緊收煞。她不要當傀儡戲偶，全身上下吊滿線繩，被一雙雙大手掌牽引、擺弄，演出她厭惡又陌生的戲碼。

她不要，一點都不想要。

李家四合院前面，是灰白水泥的曬稻埕。此時，搭蓋起墨綠色、厚沉沉的帆布大帳棚——喜宴、告別式都可使用的那種。兩者的區隔，就看帳棚前吊掛的是紅綵球或白燈籠。

李家掛的當然是紅綵球，只是有些褪色了……

不必彼此介紹，也免掉相互禮讓，二三十桌餓昏了的蝗蟲，早已奮力搶攻糧作。啃完的雞骨雜碎，順口吐在地下。

「六連、八仙、四紅、單一支……」一掌掌划拳、一聲聲吆喝。酒瓶、酒杯碰過來、撞過去，沒有溫馨的致詞，只有沙場的廝殺。

小孩子奔過來、追過去，跌倒了，沒哭；人人抓提起來，賞了兩巴掌，反倒張開大嘴，露出黃牙與黑洞，哇哇大哭了。

各種聲音——阿嫌不想聽到的聲音，一陣陣湧進新房，嘎嘎銳銳，刺傷她耳渦、刮疼她耳膜。

紅眼床的床沿，她獃獃獨坐。貼著囍字的玻璃，折射閃閃迷迷的日光。所有的人物與場景，都是恍恍惚惚的，與她既黏貼、又疏離。

新房進進出出許多女眷和小孩。小猴猻似的毛孩兒，屈蹲到她腳前：兩條黃鼻涕在人中伸伸縮縮、吊桶般七上八下，鼻孔吸不上去時，順勢用舌尖舔一舔。欠洗又欠揍的小髒臉歪仰著，從紅帕下方偷瞄她。她呀！恨不得一腳就朝小猴子的鼻尖踢過去。

三姑六婆藉口為她補妝，一次次掀開紅蓋頭，評頭論臉又摸頰的，再掩著嘴巴、撐扭著鼻孔，到旁邊吃吃地偷笑。

阿嫌臉一板，怒火蔓燒全身。她一把抓下紅帕，往床上用力一摜，站起身來，直挺挺怒視眼前的荒謬：

「愛看！讓你們看個夠！」

女眷們被嚇住，愣了好一下子，有的畏縮了，有的卻興奮地跑出去宣揚：

「新娘一摸一觸，就起屁臉、赤扒扒！」

「新娘赤扒扒，新郎一定會做狗爬！」

一句句見證的耳語，在喜宴場上，一嘴嘴接過來、一桌桌傳過去，越傳越不堪了。

再下去，踏進新房來的人少了，掀布簾子偷看的人卻多了。

阿嫌暈轎時胃已吐空，中午大家忙著吃蝗蟲宴，也沒人理會她。她腸胃咕嚕咕嚕大聲喊餓，連伴嫁的喜娘都聽見了。

人生地不熟的，喜娘也不敢出房去討食物，只能畫個可笑的大餅給阿嫌充飢：「出嫁日，新娘大。『新娘神』，來庇佑：流無汗、免放尿、腹肚飽。」

阿嫌一陣煩躁，心想：都是胡天胡地的鬼話，肚子餓得死去活來，誰說新娘不會餓？從早就滴水未沾，一路上又流了那麼多汗，誰還放得出尿來！

實在餓得大腸告小腸了，她忽然想起紅裙擺的內底，阿娘依照習俗，縫著一小袋的「祝福」，祝福袋裡有杏仁果、福圓乾、紅棗、瓜子及蜜甜甜的冬瓜糖。

她一喜，悄悄探下身子，從裙底拽取出來。於是，象徵甜蜜幸福、早生貴子的「祝福」，就被她的上牙與下齒，一粒粒嗑開、一口口嚼爛，全部嚥下肚子去了……

阿嫌的神情很自然，一派療飢止餓的輕鬆而已，一點也不驚世駭俗。

當然，新房裡裡外外的女眷、曬稻埕上大大小小的蝗蟲，他們加油添醋的流言，也不會太優雅。

臭龜仔

有個半大的細小漢子，一直來掀門簾偷瞧。

他的頭一冒，新房裡的三姑六婆就起鬨，七嘴八舌招著手：「入來呀！入來呀！是你厝內的人了。新娘又不會咬人，大人大種了，驚啥？快入來！」

他縮脖縮腦的，就是不敢踏進一步。

阿嫌眼角一瞟，瞟到大紅門簾後，他歪探的半截身子：頭戴紅藍色的六角瓜皮帽，帽頂正中央鑲著一枚亮閃閃的龍銀。倒三角臉，薄板肩；塌塌的頭髮兩側，黏黏膩膩貼著一對招風耳。細長的眼睛，眼屎糊住似的睜不開；呵呵笑開的厚唇，一排門牙推來擠去向前暴……

阿嫌又一陣反胃，剛剛吃下去的「祝福」，差點湧吐出來。「屁塞仔」、「臭龜仔」、「猴死囝仔脯」的粗話，也差點就衝出口。

天啊！怎麼這家子，全都是一副「著猴」樣？看了就心頭火起。

「滿門歡樂迎貴子，子孝孫賢起大厝。」媒婆又高喊著起動儀式，新嫁娘像傀儡尪仔，又被提手吊腳、出場演戲了：

「新娘美麗又好命，夫家外家好名聲。上等甜茶來相請，祝賀金銀滿大廳。」

媒婆又從職業倉庫，提領一些「四句聯」的舊貨，來供應所需。

阿嫌捧著茶盤，低著頸，敬過了甜茶，逐一喊過滿屋子的長輩：伯公、姆婆、叔公、嬸婆、舅公、妗婆、大官、大家、大舅、二舅、大伯、三叔……她喃喃應付，手忙口亂。

還好，此時的她不需要壓抑火氣，因為長輩們壓茶盤的紅包，轉移了她的注意力。

再踏進新房，喜娘幫她數了一遍又一遍，嘴角一撇，從鼻子哼道：「大戶大頭，竟然這麼鹹澀！沒看過娶媳婦入門，還凍霜到這款樣的！」

爆開後炸爛的炮屑，不再是喜氣的豔紅；火藥的灰燼糊在水泥埕上，殘印著一腳一腳的踐踏。

紅紅的日頭下山了。最後幾個鬧酒的，也顛顛倒倒走了。

新房內寂寂悄悄，一對大紅燭高燒著，火燄噗突噗突直跳。

阿嫌雙頰發燙，額頭蒸冒汗珠……兩隻手掌在裙褶中不斷扭絞，扭絞得掌心紅通通，心頭卻是寒透的冰涼。

已累積太多的不堪，只剩最後一項——最重要的一項。

真相——馬上就要揭曉，揭曉前的慌張，是天大的煎熬……熬不下去了，她又將紅帕一把抓來，蓋住了頭面。

門開了，走進來了……她閉上眼、憋住呼吸，卻清清楚楚聽見拉門、關門、掀布簾子的所有聲響。

是的，來了——要與她共度今夜、相守一生的人來了……

但……他……他——是誰？誰——是他？

是雞？還是狗？……她這一輩子，是要飛？還是要吠？

唰——喜帕被秤桿子挑飛了，飛上了床帳頂頭！

天呀！是他！

阿嫌瞪大眼睛，瞳孔噴射出烈燄，燒向前面滿是醉意的紅臉——新郎的。

沒有嬌、沒有羞，只有轟天裂地的憤怒。

是他！竟然是他！那個偷掀門簾，薄板肩、倒三角臉、一排門牙推來擠去向前暴的——「臭龜仔」。

花轎中那隻無形又可惡的手，似乎再度伸進她的肚腔內抓扒，又是翻、又是攪……胃、腸連著喉嚨一陣陣痙攣。

是他？怎麼會是他？

第一眼嫌惡，最終最底都將會是嫌惡。阿嫌直挺挺跳起來，閃到一旁。鐵了心、定了意，今夜死也不上床。

非但不上床，一身紅裳的她，支著下頷坐在圓桌邊，腦子異常的清醒。

月光從窗戶斜斜照進來，帶點慘青色、再浸透些蒼白。花燭熄滅了一支，小縷的黑煙，打繞著細長的圓圈，裊裊向房頂飄去。另一支也快燒盡了，最後的殘燄一噗一跳，做著最無意義的掙扎。

那隻歪靠在床柱，不甘心躺下的臭龜仔，也不敵疲累，恨恨地響起了鼻鼾。

走！不走不行！不走就浸死一輩子——她念頭一起，千匹馬、萬隻驢也拉不住、挽不回了。

月光光、心慌慌，阿嫌跌跌撞撞逃了。

荒山野嶺的，回家的路在哪裡？爬滿青苔的石階，滑一跤，下面可是萬丈深坑。

可是，不管了、也管不了了……

傳說中，頭、頸、手、腳，所有關節，都被牽綁的傀儡戲尪仔，只要被月光一照，就會匆匆醒轉，變成有感有靈的肉身，咬斷所有的繩索，掙脫逃去。

要逃到哪裡去？

天涯海角！只要不待在可憎的戲臺就好！

要的是甚麼？

有感有靈的肉身，啥都不想要！只要不跟蹩腳的木偶，演一齣齣無味的對手戲，就夠了。

真的！僅僅這樣，就夠了！

隔天一大早，生下「臭龜仔」的女人，發現新婦竟沒趕在日出前下廚。剛剛才熬成「大家」的她，被莫名的興奮支使著，刻意誇大起憤怒，行使嶄新的職權。她在廚房裡摔鍋砸蓋，弄出吭啷砰鏘的大噪音；再扯直喉嚨，對著新房罵過去：

「削世削眾呦！日頭曬尻川還未起床。見笑死人哦！外家歹門風，無教無示就出嫁呦！」

目的很簡單，就是要左鄰右舍聽得一清二楚，以免浪費了她新擁有的威勢。

罵陣、撒潑了好一會兒，新房內卻沒有半點動靜。她感受到嚴重的侮辱與挑戰。此風絕不可長！要不，自己二十多年來，當小媳婦的艱苦，豈不是都白熬了？

她渾身緊繃，殺氣騰騰衝出來，一腳就踹向新房。

虛掩的門啪啦一聲大開，她踉蹌一下，差點摔在門檻上。兒子歪倒在床上，鞋沒脫，微張著嘴巴，還在打呼嚕。

新娘呢？早就落跑得無影無蹤了。

蕗藤

「李家昨天娶的新娘落跑了！」

梅仔坑幾個庄頭全都炸開來，從遮遮掩掩的交頭接耳，到你知我知後的大聲評斷，人人心頭有壓不住的好奇與興奮。山居生活太安靜了，有點事熱鬧熱鬧總是好的。只要是別人家的事，管他好事還是壞事！

李家的臉皮被拖踩到地上磨，磨得又痛又怒。一方面發動大隊人馬搜山巡谷，一方面派人到阿嫌娘家興師問罪。

很快的，各庄頭謠言四起，有人說阿嫌早有老相好，一賺足了聘金、紅包，當夜就跟「契兄」落跑了；有人卻說李家祖上缺德，屋宅不乾淨，新娘子半夜上茅廁，迷迷糊糊被魍神仔牽走了。

逃了兩天，渾身刮傷又蓬頭垢面的阿嫌，終於回到娘家。

她一現身，李家的人一窩蜂湧上，要把她架回去。阿嫌抓起屋角的鋤頭揮砍：

「我是出嫁後三天回門的『頭等客』，誰敢來抓我？不怕觸犯新娘神嗎？」

新娘神惹不起，惡新娘更是不能惹。大夥全定住，縮了手不敢造次。於是，阿嫌昂著頭，大刺刺地走進大廳。

「死查某鬼！我平日是怎樣教示妳的？妳演這齣把戲，教我按怎做人？按怎做人？」

新娘的阿母不怕新娘神，衝上來揪著阿嫌的頭鬃，劈臉劈頰就是一陣甩打。

「嫁我去狼不狼、獸不獸的所在！跟那個人不像人、鬼不像鬼的臭龜仔過一世人！我不要做人了，妳打死我好了！就打死我好了！」

阿嫌又是哭喊、又是控訴。淒厲的聲音，傳向屋外，迴盪在翠綠平靜的小山坳。

親家已變成仇家，事態頗為嚴重。李家請來村裡的「保正」大人當公親，仲裁是非。雙方展開了難有交集的談判。

男方家堅持：不要二手嫌疑貨，絕對要驗明正身。若阿嫌仍是「在室女」，則由婆婆當眾罰她下跪，刮打幾個耳光，就帶回家去。以後夫家要如何對待，娘家都無權插手。若阿嫌已是殘枝敗葉，則非但人不要了、嫁妝沒收，聘金更要雙倍退還。且千錯萬錯都是阿嫌的錯，不管驗身的結果如何，阿嫌的娘都要當眾向男方及鄉親敬菸、敬檳榔，作為道歉賠罪。

阿嫌紫漲了面皮，兩手摀住眼睛，咬牙切齒躺在床上，任由接生婆在她兩腿中間又掰又探。

見證人是保正的太太。她走出內房，對著庭院中屏息等候的男男女女、老老少少宣告：

「阿嫌是清清白白的在室女。」

阿嫌的娘大大鬆了一口氣，端托盤的手不再顫抖，敬菸、敬檳榔時，不由自主的挑高了下巴。

但是，這一切，阿嫌不願受，也受不了……

她靜悄悄穿好衫褲，淌著一臉的淚水，溜進廚房。灶腳有一大束荖藤，平常拿來搥磨成濃汁，量不必很多，就可使溪底的魚全翻起白肚。她抓了一把，胡亂往嘴裡送，又啃又嚼，直著脖子硬是嚥了下去。

小小庭院裡，公親、事主及圍觀的鄉親，抽著寡母代替孤女賠罪的香菸。那個牌子很廉價、很流行，味道卻很濃嗆，叫作——「新樂園」。

中年寡婦敬上來的檳榔，則有著甘草片的溫和，混雜荖葉、紅石灰的辛辣。溫和與辛辣，在眾人舌頭與臼齒之間不停地翻攪，一陣喀吱！喀吱！磨咬之後，嚥不下去的汁液，「趴啦！」一聲，就往牆腳、樹根狠狠噴吐——噴濺的檳榔汁，比捅下刀子、冒射出來的鮮血，還要豔紅。

眾人發現時，阿嫌早已昏倒在大灶下。

灰綠的蕗藤汁，和著白色的唾泡，從嘴角冒溢出來，流淌到脖子。人已去掉半條命，右手還緊緊抓著半截蕗藤不放。

阿娘一看，嚇得魂飛魄散，邊慘叫邊轉身往屋外跑。她衝撞亂哄哄的人牆，鑽進髒兮兮的雞寮，追抓住一隻半大的活雞仔，再竄奔出來。兩手用力將雞脖子一扭，當下就送小傢伙去投胎轉世。

門埕口有座舂米的大石臼，她將死雞仔用力摜進石槽，雙手高高掄起木椿，拚了命似的，一下又一下，往槽底又是敲、又是搥。

捶碎了、敲爛了，她撈起混雜雞毛、糞屎的屍肉，擠捏出又腥又臭的屍水到碗裡。撬開阿嫌死咬的牙根，往喉嚨直嚕嚕灌了下去……

葷腥的屍水一入喉，刺激到所有的反射神經，阿嫌立刻翻腸倒胃大吐。吐過後，不讓她有絲毫喘息，立刻灌她喝水。灌到溢滿口鼻了，再灌她吞屍水，又大吐……

人醒了又暈，暈了又醒，反反覆覆好幾回，折折騰騰像過了好幾個世紀……

阿嫌的娘坐在地上，抱著女兒的頭頸，枕在腿股之間，大口大口喘著氣。母女都一個樣：汗與淚爬滿臉，淋淋漓漓的，披頭又散髮，渾身是髒臭的血汙及碎肉——像兩個從陰間逃出來的鬼。

老祖宗傳下來的解毒祕方果然奏效，阿嫌悠悠回神了。

「保正」的耳朵湊向阿嫌。她微弱但慘烈的聲音，好比從地獄飄來：

「我不愛過去住！再逼我，就再死一遍給你看！變成惡鬼也會轉回來抓，抓你這個歪心肝、汙腸肚，無正無義的公親！」

保正氣得鼻子噴濁氣，額頭暴青筋。但是，他心底雪亮得很：剛剛自己確實一面倒，倒向財大氣粗的李家，欺負了孤女寡母，才逼得阿嫌呑蕗藤……

萬一阿嫌再尋短，萬一她真的變成厲鬼——厲鬼說不定還會變殭屍，殭屍會伸出長舌、挺直雙手，噗登！噗登！跳著追人，長長尖尖的指甲，往仇人的脖子一戳，戳刺出十個大窟窿，紅紅的血，咕嚕咕嚕冒……

唔——保正渾身起了雞皮疙瘩，冷汗一下子全湧出來……

一陣交頭接耳之後，一向說起話來，嘴角就全是唾泡的保正，宣佈了雙方談判後的結果：

「阿嫌不轉回去可以，因為轉回去也無心當李家的人了。既然還是在室女，聘金原數退還就好，免加倍，因為李家一向是大度大量不貪財的。但是，漆屋修房及辦酒桌，用了不少錢。所以，沒收她的嫁妝作為賠償，也不算太超過。李家被阿嫌弄得灰頭又土臉，所以，罰伊『洗門風』，還李家一個公道；日後，也給後生小輩一個警告，不可黑白亂亂做。答應了這些條件，一切善罷干休；否則，李家一定給這對惡質的母女好看。」

「洗門風」是甚麼？阿嫌並不知道。她當然也不知道：對保正來說，自殺的厲鬼不好惹；人多勢眾的李家，更是惹不起……

但是，只要不回去被糟蹋，不必和那隻臭龜仔同床共枕，再受怎樣的屈辱都划得來——

她立刻點頭答應了。

而一旁疲累的寡母，既無氣力對抗強權；也沒心情違拗尋死覓活的女兒了。

洗門風

從娘家挑水去洗李家的門檻，洗到他們滿意為止，這就是——「洗門風」。

三天後，天還沒全亮，阿嫌就挑起兩只大木桶，翻山越嶺去執行她的承諾。母家有幾個親友保護作陪；李家也派人來監督挑剔。

平日只有竹雞仔、鷓鴣、石龍子出沒的羊腸山路，不知從哪裡冒出許多拿鐮刀、扛鋤頭，暫停野耕的粗做人？而且，每進入一座庄頭，前前後後都有人夾道觀看，男男女女、老老少少的，有人吆喝鼓噪罵活該、有人指桑罵槐抱不平。就算觀世音出巡、玄天上帝廟來了進香團，也沒這麼熱鬧，就只差沒大放鞭炮、舞龍舞獅而已。

阿嫌變成耍把戲替人取樂的猴子，她恨得咬牙切齒。

水重、身子虛，一路爬坡下階、翻山越嶺，千里遠、萬里遙的。汗水溼淋淋，從「美人尖」——哦！不！從「額頭叉」，流淌到脖子，漫淹到全身……

一員壯漢，緊跟在阿嫌身後，也挑著一大擔水。當崎嶇的山路顛掉、晃掉、潑灑掉阿嫌桶裡的水時，壯漢立刻舀水替她補滿。他很認真、很盡責，幫了阿嫌很大的忙。當然，他——是李家派來的。

李家到了，阿嫌鐵青著臉，不發一語。拿出葫蘆瓢、鬃毛刷，蹲下身子，舀了水，用蠻力刷洗起李家的門檻。

門檻不算高，卻是質地硬又密的冷杉木。阿嫌聽得到自己的喘息聲，卻一滴眼淚都不准自己掉。

這種賠罪儀式可看度那麼高！且幾十年都難得一見！喧喧擾擾、等了好幾個鐘頭的鄉親們，頓時都瞪大眼睛、閉起嘴巴。

嘴巴一閉上，喧擾的氣氛立刻往下沉、向下降。不一會兒，就凍成寒霜、結成冰霧，對著李家的深宅大院，密匝匝地圍抄過來。

……硬鬃毛用力摩刷著冷杉木，一陣又一陣的「差！差！差！」——插刺、割刮著每一個人的耳朵……「差！差！差！」……葫蘆瓢磕碰大木桶，晃蕩起暈眩的水花。踩著自尊，翻山越嶺挑過來的水……晃蕩！晃蕩！——荒唐！荒唐！……水影歪歪折折、曲曲扭扭，映照她變形的青春、脫序的未來……晃蕩！晃蕩！——荒唐！荒唐！……「差！差！差！」「差！差！差！」……

葫蘆瓢伸進木桶，一攪動，水影徹徹底底碎掉、裂掉……「差！差！差！」……晃蕩！晃蕩！……碎掉、裂掉的，是女孩兒家婚姻的憧憬、七彩霓虹般的美夢……晃蕩！晃蕩！……「差！差！差！」……碎掉、裂掉的，不是水影，是她無憂無慮的過去、是她嬉嬉鬧鬧的從前……

荒唐！荒唐！……「差！差！差！」……水一瓢一瓢舀出來、潑出去……被死掐著脖子玩的遊戲、窒息死人的規矩……用力刷掉它，洗掉它……

「差！差！差！」……洗掉它、刷掉它……「差！差！差！」……硬鬃毛刷動細水流，細水流漫溢汗水與自尊……十六歲的青春死了、七彩的美夢醒了……流遠了，漫溢的水流遠了……和著百年的陋習、陳年的泥垢，意志堅強地流出去了……

髒汙刷了、泥垢沖了、水漫流出去了。流出門檻，流下臺階，逃出李家的庭院去了……未來就自由了……立刻可以自由了——阿嫌愈洗愈來勁，一點也不難過了……

洗好、刷好、擦乾、抹好……阿嫌站了起來，手背輕輕一甩，甩掉「額頭叉」——哦！不！「美人尖」下淋淋漓漓的汗水，舒吐出一大口氣。兩個眼眸晶晶又閃閃、臉頰紅噗噗的，當著眾人，她燦燦爛爛笑了。

該結束了！一切都該過去了？還她自尊與自由了吧？

不！生下臭龜仔的女人——彎下粗壯的腰身，食指刮一下門檻縫隙，刮出一臉的狡猾與不屑：

「哎——喲——歐——這款就叫洗清氣了呀？汙麻麻一指頭！大家來看！趕緊來看呦！」

她亮出食指，皮笑肉也笑，展示到眾人眼前。

迴轉過身，也翻轉過嘴臉，她粗聲厲氣對阿嫌大吼：

「倒轉去！倒轉去妳的厝！再擔兩大桶水來洗！」

這顆炸彈威力十足，一投下，就炸起漫天的不平與指責：

「做人嘛！毋通太超過！梅仔坑地小人無多，早晚相遇會著，留點面皮好相見哪！」

「毋通吃人夠夠！『洗門風』只是意思意思，阿嫌也認真做到徹底，天大地大的冤仇，也應該化解了。扒皮吃肉還可忍受，若要喝人的血、啃人的骨頭，就無天無理了……」

但是，旁人越是抗議、越是求情；那婆娘越是死硬、越是兇悍。

——本來嘛！登基後被強迫退位的婆婆是她；被羞辱嘲弄的是他們李家；「臭龜仔」會變成一生標記的，是她十月懷胎、兩手拉拔大的兒子……旁邊的人，只懂得納涼說風話。被一個不識好歹的死查某鬼，戲弄到這種地步，她的憤怒、她的痛苦，有誰體會？有誰同情？洶洶湧湧的聲浪，衝擊著李家大院。兩個女人對立站著，靠得很近，誰也不讓誰。十六歲的莽撞，對上了四十歲的霸道——是無解的仇恨。

時間分分秒秒流逝，洶湧的聲浪平息了，四周恢復好奇與觀望。

阿嫌瞪著攔她花轎，用木叉叉她的鬼夜叉、虎豹母，她心一橫，大聲嚷著：

「免再講了、免求情啦！擔就擔、洗就洗，李家全厝內攏總是糞圾，洗一遍，當然洗不清氣囉！」

嘴巴上逞強鬥狠，肩膀上就吃苦受罪。重新再來一次，幾乎要了她整條命。

登上鹿寮坪的陡坡，再爬過雞胸嶺的石階，彎過金鳳寮的崎路，牛薩腳還在天邊，遙遠的天邊……

隨行及觀看的人並沒有減少，沿途聽到罵李家的人卻增多了，這是唯一讓阿嫌好過一點的地方。

她再一次拿起葫蘆瓢和鬃毛刷，裡裡外外、邊邊縫縫，刷洗得乾乾淨淨，無可挑剔。

日頭已近黃昏，幾道閃熠的斜暉穿透雲層，照進李家的曬穀埕。阿嫌站起身來，從頭到腳浸浴在金黃燦爛的光芒中。

阿嫌的苦肉計確定是贏了，因為，圍觀的人更靜默了。但她要贏回的不是面子，是原本輸掉的裡子——她的嫁妝：

「各位阿伯、阿姆、大兄、阿姊！請做夥來評道理、論黑白：姓李的厝房要漆要修，我阿嫌又沒入來住，與我有啥關係？為何要我賠？咱梅仔坑全鄉，有哪一家收紅包、辦酒桌沒賺錢的？憑啥沒收我的嫁妝？我阿爸早死；那些嫁妝，是我阿娘艱苦一世人，勤勤儉儉捻積來的！為啥白白送給李家？那位死保正，無公又無正，不替我們母女討公道、求合理。所有的聘金、禮數，我阿娘早就沒缺角退還了。自古以來，也無惡質到罰人擔水、洗兩遍門風的。現在，一切打平不相欠。但是，姓李的要將嫁妝還我！」

「還妳！還妳去替人死咧！睏就睏，免做眠夢！」阿嫌眼中的鬼夜叉、虎豹母，從廳堂內衝出來，指著她的鼻子大罵：

「嫌我生的後生醜！不跟他洞房上眠床！妳有多嬈嬌美麗？見笑死人喲！妳阿爸死，阿母又沒死，哪會這樣無人教示？削世削眾、削妳萬代的祖公、祖嬤！」

原來惡獸抓狂，是為了護子。但——越罵越不堪了：

「聽老一輩講，喝蕗藤汁的查某人，連半隻蟑螂都生不出來；生得出來，也統統是瘸腳、破相、臭耳兼啞巴。哼！誰敢娶妳？一世嫁無人愛，做老姑婆，死沒人哭；死沒人穿麻戴孝，送上山頭……」

虎豹母的嘴唇一張一合，吐出百年來無聊的傳說、惡毒的迷信。圍觀的人，腳雖走不開，卻也笑不出來。

阿嫌鐵青著臉聽著，一點也不動怒，血液囚禁在軀殼裡沸騰奔竄，腦子也飛快旋轉……旋過、閃過許許多多具體的景象、模糊的念頭……

沒錯！她住家的庄子口，有座小小的「姑娘廟」。腳一踏進去，就是一大堆東倒西歪的神主牌。朽爛的供桌，積著厚厚的泥灰。門頂、牆角囂張無比的大蜘蛛，密層層織就了天羅地網，網住了姑娘們生前的孤獨、死後的憾恨。

她聽老人家說過：「紅供桌頂再怎樣寬闊，也不立姑婆的牌位。」——沒出嫁的女人死了，不管老的少的、好的壞的，母家都不准供奉靈牌。最後，只好淒淒涼涼堆放在「姑娘廟」，無香無火、無親無靠。年節到了，萬鬼欣有託，只有這裡的老姑婆、小姑娘，照樣沒人理、沒人拜。

阿嫌渾身滾燙，哆哆嗦嗦發著抖，抖到需要用手去抓扶李家的門柱，才穩得住、站得直。

「好！要鬥！大家做夥來鬥！不信我阿嫌就鬥不贏妳這隻虎豹母！」

她心念一定，血脈賁張，意志瞬間高昂起來……高昂起來，但是，一顆噗通噗通跳的心臟，卻往下沉，醒洌洌地往下沉——緩慢慢的速度、告別的速度……悠悠晃晃沉入深潭、浸入冰淵……再見了，阿娘……再見了，嬉鬧的女伴……再見了，花紅柳綠的年少……

再見了——從今以後，再也見不到了。

墜入深潭、沉入冰淵的心臟淹死了，一切便就緒了！

她額頭沁冒著汗珠，晶亮的眼眸卻滴溜溜轉，眨呀眨的睫毛，像振動雙翅的飛蛾，不顧一切撲向火去。

姣好的臉龐，還是閃耀著少女的聰慧。只是，多出一些東西了——一些說不上來的東西……

她脣邊再度蕩漾起笑意，燦燦爛爛的笑意，是玫瑰盛開的絢麗，也是渾身帶刺的放肆。她已卸下了一切、也準備擔負起一切。那悲壯的感覺，像是被五花大綁，送往刑場的烈士，心中縱然有感傷、有缺憾，卻始終抬頭挺胸、無悔無懼。

她款款行向前！美麗的姿態、勇敢的絕決……對著母家來的長輩，深深屈膝下拜，優雅又溫馴的聲音響起，字字清亮悅耳，卻是從深潭、冰淵傳出來的斬釘截鐵：

「阿叔、阿嬸，你們大家辛苦了。轉回去吧！我已拜過天地，拜過李家十八代的祖公、祖嬤，生是李家的人，死是李家的鬼了。拜託你們轉回去跟我阿娘講，叫她安心免操煩。我阿嫌就是要留在李家，生子傳孫，看有無是蟑螂或啞巴！」

這一顆就不是普通威力的炸彈了，圍觀的鄉親被轟得頭昏眼花，連七嘴八舌的能力都喪失了。

「天公伯！您攏總有聽見，您毋通沒靈沒聖、無目無耳哦！這隻削世削眾的額頭叉、無人管教的破格貍，咒罵我、糟蹋我的後代子孫，又死賴在李家不走。」虎豹母指天誓地、披頭散髮大罵，恨不得將阿嫌撕吞入肚。

但是，五天前，婚禮確實規規矩矩舉行過了，不管於情、於理或於法，她都是輸的……輸了，她怎麼甘心？不管怎樣，總要再討回一點威勢、一些顏面。對！只要搶回一點點、一些些，傷天害人又如何？

她也下決定了：「好！一切是妳做得來的，免怪我狠毒。」

她也知道太狠毒？但是，戰爭打到這個地步，一切都已止不了、擋不住了……

一逕走到門埕大石磨前面，額頭爆滿青筋的她，用力推起木軸把，一邊向後倒退逆轉，一邊對天高喊：

「娶到額頭叉，石磨顛倒挨；免死尪婿或『大家』，只給新娘死外家。」

倒轉木軸，逆推石磨，對天生額頭叉的新娘來說，是最沒人性的詛咒。圍觀的大眾轟然嚇住，連呼吸聲都聽不到了。

最後的日頭，一失足就跌下山去。天色全暗了，暗得飛快，快得讓人嚇一大跳。

鬥

天公果然是有靈有聖、有目有耳的——阿嫌外家的親娘，活到八十幾，壽終正寢，沒災又沒厄。

阿嫌輸了，也贏了！她連生了七隻蟑螂：三個兒子，四個女兒。沒一個瘸腳、破相，也沒一個是啞巴。

在李家，上有公婆伯叔、中有兄弟妯娌、下有姪甥小輩。大家族訓練出來的狠角色，個個都不是省油的燈。阿嫌天天繃緊神經，預防被修理；也時時動著腦筋去暗算人。明的去、暗的回；刀裡刺、槍裡滾，她一個人與全家族為敵；尤其是與那隻鬼夜叉、虎豹母，無時無刻上演慘烈的攻防戰……

就這樣，她練就了一身通天的本領。

她心機越來越重、嘴巴越來越毒、手段越來越狠。漸漸的，連娘家的人也別過頭去，與她疏遠了。上上下下、左鄰右舍，在她背後講風涼話：

「一切應了她的名字：一輩子嫌人，一輩子討人嫌。」

日子雖然一天天在過，但恩恩怨怨既打了死結，就只會愈糾愈緊，越理越亂。

小的會長大、老的會死去。但是，死去了一個主要的對手，次要的對手立刻升級、馬上取代，繼續無止無竟的鬥爭。

鬥爭的對象變了，內容卻沒兩樣。同樣只是芝麻綠豆、雞毛蒜皮的家務事。沒有變——也變不了。

但是，在李家、在阿嫌，芝麻綠豆可以鬧得天翻地覆；雞毛蒜皮可以搞成鬼哭神號。別的本領他們不一定強，但無事化有、小事化大、大事化不可收拾的功夫，倒都是一等一的。

從日據時代的保正、甲長；到後來的村長、里長、管區警察；以及新興的「民事調解委員會」，半個世紀以來，大家對牛薩腳姓李的那一家子，都很熟悉、也很感冒。

傀儡戲在李家從沒停演過，木頭雕刻的戲尪仔——嘿！阿嫌一嫁進門就不當了，換成好脾好氣的火旺被綁起頭身與手腳。而她——則升格為牽線拉繩、掌控戲臺的操偶師。

親腹親肚生下來、把屎把尿養大的三兒四女，也對她不親又不敬。論起原委：一來是梅仔坑的風言風語太厲害，添油又加料，只揚惡、不傳善——當然，阿嫌也是沒甚麼善可以讓人傳。二來是上樑不正下樑歪，有樣學樣，無樣自己想。於是，他們鬥狠使壞、歪纏爛打的功夫，一個比一個在行，絕不愧為虎豹母及阿嫌共同的後代。

俗話說：「買田要看田底，嫁娶要看娘嬭。」——阿嫌的潑辣，使七個孩子的親事大受影響：女的怕嫁入李家，面對這樣的惡婆婆；男的怕娶進門的老婆，有丈母娘的壞基因。因此，阿嫌的兒女都有晚婚的宿命。好不容易成婚了，江山易改、本性難移，也總是三天鬧、四天吵的。

這一切，他們理所當然的都歸罪給阿嫌。他們一個個像她，也一個個恨她。

然而，阿嫌的戰鬥對象，從死掉的老一代，到攸關祖產的兄弟妯娌，從沒休兵過。戰鬥過程當然很慘烈，她的一生，已失去太多，有形有份的家產，無論如何是輸不起了。所以，她一定要贏。贏不了的，寧可徹底毀掉，也不輕易放手。

分完祖產後，阿嫌一家在祖厝的群屋內，自立起門戶，過著敞開大門，也少有親友走動的日子。

一下子失去了那麼多敵人，阿嫌有一陣子的沉寂。

好在，沉寂沒多久，新的戰鬥對象就出現了。

這一回，換成是兒子、媳婦，揮刀提槍來罵陣。雙方一開打，也是轟轟烈烈、血海深仇似的。

至於嫁出去的女兒嘛！阿嫌重男輕女很嚴重，既是潑灑出去的水，就稱不上是正規軍。縱然有真刀真槍的廝殺，也只算是小小游擊戰而已。

老去的阿嫌，一女當關，萬夫莫敵。她緊緊抓住分到的祖產，眼睛、耳朵卻一刻也沒閒著。她不識字、沒讀過書，卻是精明又俐落。不只幹起粗活來一把罩，又比別人多了一副狗鼻子——聞得到賺錢的氣味。

她打勝了一場場的家庭大戰，力排眾議，將火旺名下一大片好杉林賣掉，再低價買進一塊沒人看好的高山坡地，改種茶苗。近幾年茶葉看好，賺進不少錢，她又購買了更多的山坡地。於是錢滾錢，「赤查某會旺家火、賺財產」的俗語，好像被她印證了。但是，所有的家人並不領情、不感恩，也從沒對她減低一點嫌惡。

三個兒子沒念甚麼書，粗手粗掌的，也只能在山野裡討生活。她掌控所有的錢財，精明、小器又苛薄，總是東摳西扣地折磨人，就連媳婦到梅仔坑街上買條內褲，都需要向她低頭與伸手。

山耕野種是極艱苦的，做牛做馬也不過如此。所有勞筋傷骨的付出，換不到最起碼的物質報酬，附帶的還有精神虐待，全家對她，更是咬牙切齒。

那天清晨，太陽一跳出山頭就毒烈烈、潑辣辣，是標準的夏日三伏天。按阿嫌的規劃，茶園該好好去除草了。她拉高嗓門喊醒火旺，要他去巡頭看尾，以免兒子、媳婦們偷懶。

一踏入廚房，咦！怎麼灶冷鍋空的，飯菜還沒上桌。這幾天應該輪到二媳婦當值的，竟敢沒動沒靜！她怒火一起，叉著腰，罵將開來，聲勢絲毫不輸給當年的虎豹母。罵完了二媳，順勢連大媳、三媳一起罵，甚麼「死睏活吃」、「只貪眠床上爽」等齷齪字眼，也不顧情面倒出嘴來。

三個房間卻靜悄悄的，沒有任何聲響。

阿嫌像投了一塊石頭下水，卻聽不到「咚！」的回聲。她有些錯愕，錯愕中又有些驚慌，為了維護掌家婆婆的尊嚴，她更是胡天胡地亂罵起來。

過了好一會兒，二媳婦才懶洋洋起床，穿著花布睡衣，打著大哈欠，自顧自下廚去。飯菜煮好了之後，大房、三房才開門出來，叫起小孩，圍一大桌吃飯。細細地嚼、慢慢地嚥，嚼完嚥完，碗盤丟著，催促大的上學去，再拉抱起小的，各自回房去。

「砰！」一聲，鎖上門……

從頭到尾，阿嫌沒被招呼一聲、也沒被正眼瞧一下。她變成透明人，被無聲無影對待著。房裡頭待久了，三對夫妻也會出來透透氣，泡茶、看電視兼聊天。平日橫鼻子豎眼睛的敵對陣仗已全然消失，六個人倒是嬉嬉鬧鬧，一團和氣起來。

他們吃照吃、睡照睡，齊了心、連了手，不吵也不鬧、不求又不抗。但最重要的是——絕不出門工作。

夏季草長得飛快、竄得兇猛，沒幾天就快侵吞掉整個茶園。阿嫌和火旺的手腳再怎麼拚命，也拚不過雜草竄蔓的速度。山裡農忙時根本僱不到人手，再下去，秋茶一定完蛋。秋茶一敗叢，價位高的冬茶，還有明年最看好的春茶，也會跟著化為烏有。況且，三個兒子已放話，縱使老倆口有本領採得回茶菁，他們也不曝曬、不烘焙、不揉捻、不撿枝，就是吃了秤砣鐵了心，要讓那些「綠色的金子」，全部黑掉、爛掉。

阿嫌怒火燒翻半邊天，大吵又大鬧，「三字經」、「五字經」，甚至最下流的「七字經」，也氣極敗壞地衝出口。

兒子們一本正經地頂撞回來：「妳罵我娘！我娘是啥人？愛爽，不會找阿爸，或是去討『契兄』！」然後，六個人再一起發癲狂笑。

其餘時間，兒子媳婦們大抵是罵不還口。越是不還口，越是嘻皮笑臉，越是氣炸阿嫌。但是，歲月不饒人，畢竟是老了、衰了，力氣比不過，打更打不得。

最終，阿嫌認栽了，和兒子媳婦們妥協了——畢竟那是她一生拚鬥下來的血汗，是唯一值得她留戀的東西。她只留一份最好的茶園當老本；其餘的，全數分給兒子們去種作。

共產變成私有之後，人不為己，天誅地滅，所以，三房兄弟都拚起命幹活去了。紛擾好久的李家，終於有了相安無事的時候。

偏偏沒幾年，火旺就倒下來了。

癱

那天中午，在茶園裡，兩個老的吃完帶來的飯包，坐在大茄苳樹下休息。太陽雖然躲到雲層後面，但吹到額頭的風還是熱的。火旺小心翼翼地詢問：

「我頭殼昏昏暈暈的，想要早一點轉回去休睏。明天一透早，我就來下肥，好不好？」

阿嫌轉頭瞧了他一眼：「那邊太平山的頂頭，已經在罩烏雲。趁落雨前，無論如何，這些雞屎肥一定要撒埋好，雨水才會把粗粒溶去，帶入去土底。」她難得口氣溫和，好像還有商量的餘地。

火旺鼓起勇氣，再提出迫切的要求，用的依然是懇求的語調：

「現此時，我真正是感覺艱苦：一粒頭殼熱滾滾、咻咻抽疼，像要爆炸去；心臟塞沉沉、憂悶悶的，好比大石頭壓著。前氣接不著後氣，實在是無力做穡了……倒轉回去唇啦！明天透早我一定來！」為了讓日子過下去，生性溫吞的他，早已習慣低聲下氣。

阿嫌倒是貫徹始終的潑辣：「伊娘的！小漢的不做，老的也有樣學樣了！不做，要吃啥？喝西北風，腹肚會飽嗎？死老猴！一世人毋知加減、也未曉乘除，工錢貴森森，咱們請得起人手嗎？心臟悶、頭殼疼！五十冬前，我第一目看到你，心頭就疼得、悶得恨不得去死，你還在疼啥、悶啥？……」

夾七夾八、劈頭劈臉罵完了，她頭也不回走進茶園，彎著腰，一把一把，發洩似的，將肥料用力擲撒在茶叢下。

火旺無聲無息地認了——好不了、也拆不開的寃家，不認了又能如何？

他嘆口長氣，站起身走到另一茶隴，也撒起肥料來。只是，速度有些慢，跟不上阿嫌，且越跟越落後，越撒越無力了……

烏雲的腳步卻不慢，一下子就移到這邊的山頂，豆大的雨點再也撐不住，開始往地面墜落。起先，只是稀疏稀疏掉落幾滴；緊接著，就由點滴串連成長線，粗粗斜斜的，狠狠地摔落、重重地敲打。最後，就是整盆整缸不容情地倒了下來。

阿嫌摀著頭搶跑進工寮，拍抖一身的水滴。咦！那隻老猴呢？奇怪！怎沒回來？她扯開嗓門大喊：

「火旺耶！免假仙、假打拚啦！愛做牛，免驚無犁好拖。入來避雨啦！火旺耶！」

「避雨啦——火旺耶！……旺耶！——避雨啦……雨啦——」雨越下越大，空曠的山野，山壁間傳來盪去，只有她一人的回聲。

這下子，她可急了，徹徹底底慌了！衝跳進茶園，雙手撥開一行又一行的茶叢，嘴裡沒命地喊：

「旺耶——，旺耶——」，「旺耶——，旺耶——」

澎湃洶湧的綠色樹海，翻騰掀攪的白色雨浪，獨自泅泳的阿嫌，全身浸蝕著快要滅頂的恐懼……

還好，找到了。只見火旺仆倒在茶溝間，頭臉脹得紫紅，白沫從嘴角吹出，噗噗冒著氣泡。大雨嘩嘩唰唰沖擊他，像天上垂打下來的皮鞭，千鞭萬鞭的凌虐……他手腳抽搐，一抖又一抖，正在跟死神拔河。

「救人喔——來救人喔——，誰人來救伊喔——救火旺喔——」

她迸出最大的力氣來呼救，高亢尖銳的老音，是她此生第一次心膽俱裂的呼號……

但是，山頭嶺尾的，哪裡會有人？何況呼救聲再大，也大不過漫天蓋地嘩啦啦的雨勢。

最後，還是她半拖半拉、跌跌撞撞，把火旺送到附近的人家。

住院三個多月，兒孫們沒來幾次。醫生開刀清除腦部淤塞的血塊時，手術房外，也只有她踱著孤獨的碎步，守著七個小時的驚嚇與無助。

火旺的命是救回來了，但剩不到半條。

住院費、開刀費、藥物費、伙食費，一筆又一筆的開銷。全民健保開辦的腳步，永遠追不上人們病發的速度。三個兒子在分來的家產上埋頭幹活，自己父親的醫藥費卻一分一毫也不出。

回到了家中，偌大的四合院，每房每廳雖相通相連，卻連不出「守望相助、疾病相扶持」的古訓。各人各戶過著雞犬相聞的日子，火旺的房間，還是沒人踏腳進來過。

阿嫌縱然撐得起火旺的照料，也撐不住內心的憤恨。她到處去告狀、去哭訴；況且，兒子媳婦們的無情與不孝，恰巧對照出她的重情重義。她得到一些平生難得的讚美，不免帶了點暗暗的爽快。

於是，李家又打起一場持久戰、消耗戰。村長、村幹事、民事調解委員、管區警察，個個都被失控的戰火所波及。為了讓耳根早日清靜，他們不得不召集李家大大小小、老老少少，開了一場有聲有色的「民事調解大會」。

當場，兒子媳婦們個個知書達禮起來，滿臉堆著誠懇的笑，鞠長躬、哈低腰，真心懺悔，接受所有人的指責及意見。

但是，不必回到半路，久憋的惡氣，全發洩在阿嫌身上：

「攏嘛是妳一人，死沒良心！逼阿爸做牛做馬、做生做死！無妳，阿爸就不會變成這款樣。種惡因，妳就一個人去收惡果，免想要我們奉陪！」

分完家產後，雖是「兄弟登山，各自努力」，但為了一點狗屁倒灶事，他們還是會大打出手。只不過，對付起老母阿嫌，他們永遠是六人同心、十二手齊力，友愛無比的。

癱掉了的火旺，癱在床上，也癱在阿嫌一個人身上。

阿嫌還是阿嫌，調解失敗後，她還是有本事上嘉義法院，按鈴申告兒子們遺棄。兒子們也有她厲害的遺傳，有辦法提出阿嫌年收入不薄，衣食不缺；而他們也有探望、照顧病父的證據。

是的，兒子們後來是有進房，進房後會擺些奉湯餵藥的姿勢，好好地拍照存證。但是，相機的快門一關、鎂光燈一滅，所有的孝心孝行也跟著蕩然無存。接下去，就只有砸碗丟筷、罵東怪西了。

鬥志高昂的阿嫌不想輸，鐵了心，丟下火旺不管，參加梅仔坑老人會所招募的「長青旅遊團」，環島玩了好幾天。

回家的那天，已是晚上七八點以後。一進門，第一眼就瞧見火旺坐在輪椅上，滿褲子屎尿，黃黃的汁液從兩隻褲管，滲流到地板。還稍稍能動的左手，抓著茶几上餿掉的飯菜，一口一口往嘴裡送。看到她回來了，乾巴巴的眼珠子眨也不眨，塞滿飯菜的嘴巴，咿——噫——啊——呀——的，既說不出話，也哭不出聲來……

阿嫌死心了。五十年夫妻，再怎麼嫌惡，也不能放任不管。既然撇不下，再怎麼不甘心、不情願，也只好做下去了。

於是，六十好幾的老婦人，沒日沒夜、沒休沒假地照顧快七十歲的老病人。一照顧就是整整十足年。

說是照顧，沒錯，不能說不盡心：她搬離牛薩腳祖厝，遷到梅仔坑街上租屋，以方便火旺的就醫。當然，也開始了她嶄新的人際關係。

僅有的茶園，做不動也不能賣，那是她和火旺最後的老本。她承包給別人去種茶，所分得的錢，用來支付每月不輕的醫療費、生活費。

她用輪椅推火旺上街、曬太陽。他的頭髮梳剪得清清爽爽、眼鼻手腳乾乾淨淨、衫褲衣帽齊齊又整整，絲毫聞不到病人特有的氣味。她高高興興掀開火旺的後背給人瞧：

「你看！你們大家來看！伊躺落眠床那麼多冬，一點點褥瘡都無，街仔頂的江醫師講我真會照顧，可以聘請來做護理長了！」說完，得意洋洋笑了。

然而，火旺臉頰有時會出現紅腫；手臂、小腿偶爾會黑青一大塊。阿嬿總是皺著眉頭，心疼不已地解釋：

「都嘛是為伊做復健，又是扛腳又是抬手的，從肩胛頭抓龍到腳底尾，全身又拍又搥，一日要做好幾遍哩！我才一轉身拿物件，伊就從輪椅上栽落來，額頭就撞出一大粒鵝仔蛋，我用燒面巾替伊又是敷又是揉的，才消腫成這款樣。」

「沒法度啦！後生與媳婦都不友孝，放老翁婆悽慘兼落魄。我才比火旺減兩歲，快七十囉！抱前搬後的，艱苦無人知。他摔倒眠床腳時，要不是我顧著伊，搶墊在下面，伊可不只是手附頭、腳腿肉烏青而已！」

解釋了太多次，自己也心虛。於是，慢慢的，她不太推火旺出門了。偶爾出來，即使在夏天，也會讓他穿著長袖上衣，用條大浴巾蓋住腳；而且必定是在他頭面無傷又無腫的時候。

瞎

老年人的日子，風風火火也悠悠盪盪。急得像快車衝下坡，煞也煞不住，擋也擋不了，渡十年像過一天；慢得似蝸牛爬岩壁，催也催不得，推也推不上，過一日也像挨十年。

火旺死了五年，阿嫌也八十一了……

初九——天公生，可是個大日子。

那一天，可以洗衣，卻不准掛出來晾曬。因為天公和凡人一樣，也是會累、會倦怠的，該休息的時候，就不能勉強祂老人家了。

梅仔坑街上的炮仗還在霹靂啪啦地炸，這一串還沒炸完，另一串又震天撼地炸起來。一串接著一串，每串都拚足了全身的筋肉、氣力，爆成灰燼、炸成碎屑。就在那幾秒內，炸個粉身碎骨，不留一點一絲的餘地。

光和熱炸光了，冷空氣又躡手躡腳地漫回來、淹過來。突然降臨的沉寂，讓世界失落得空空茫茫。

散不去的硝煙炮霧，模糊了阿嫌老去的眼睛，耳渦深處卻依然殘存著烽火的餘響……當年，牛薩腳燒老柴灶、煮大鍋菜，追風打火、強敵環伺的日子，卻已在炮灰中一逝不返了。

阿嫌淘好一小杯米，放入電鍋，插好插頭、按下開關……

太多的過往，放空了身體的能量，緩慢、遲鈍已是她不能改變的節奏。駝僂的脊椎，拉扯著蕭條的軀幹向地面傾彎，脖子無奈地向前伸。再怎麼努力挺直，她看起來還是像一隻爬盡坎坷的老龜。

米鍋上擺放好小蒸盤，夾上幾塊自己醃的鹹豬肉；等一會，再從瓦甕抓一小把蘿蔔乾，湊合湊合著，日子再怎麼不稱心，還不是過下去了！

熱騰騰的飯菜幾口下肚，暖意從腸胃、心窩升起，散到四肢百骸去。粗做一生一世，要她學現代人吃粥或喝豆漿，哪能吃得飽？「老人會」常請一些醫生來演講，教大家要少吃肉、多運動，不要吃醃的、鹹的，她一向嗤之以鼻。管他甚麼心臟病、高血壓！八十幾了，新裝的假牙也還嚼得動，何必忌東又怕西？何況，再怎麼小心，又能拖多久？騙得過自己，也騙不過閻羅王及牛頭馬面。

再說，當該來的來時，她已有了準備。她不怕、也不擔心……

「呀！壞了！初九天公生要吃早齋。」

想到時，哪裡來得及，幾片醃豬肉早已嚥下肚了。阿嫌一陣不安，趕緊去漱漱嘴。再走到窗口，抬眼凝望灰濛濛的天，雙手合十，誠心誠意懺禱著：

「天公伯呀！您大神有大量，千萬毋通見怪、毋通計較。我人老了，頭殼壞去、憨去了，絕對不是故意的。」

收起那盤葷菜，她從冰箱拿出豆腐乳來下飯。玻璃裝的還是比鐵皮罐頭好，不容易發霉生蟲……

……發霉生蟲……青綠的霉苔、白絲絲蠕動的細蟲……一些陳年往事，像箱底沒折疊的舊衣，一不經心的翻攪，就一件牽扯一件，件件翻上來、扯出來，糾糾又纏纏……

火旺的娘——那隻虎豹母，鬼夜叉，活到八十幾。兩個黑眼珠蒙上濁白的眼翳，即使奮力瞪得滾圓，也完全看不見。但是，馳騁沙場、能征善戰的她，罵人的火力卻是越來越強旺。

茶園最緊要的關頭，全家趕著採茶菁，火旺和兒子媳婦們全帶飯包幹活去，家裡只剩兩個鬥爭一輩子的女人。阿嫌是媳婦，恨得再入骨，也不能不弄飯給婆婆吃。而她眼睛心可不盲，還是挑東揀西的，找一些罪給阿嫌受。

那天，阿嫌煮好了菜，擺上桌。她聞聞嗅嗅之後，立刻用不低的聲量，向左鄰右舍宣傳她的受虐與憤怒：

「人老囉！註該給人凌遲喔！明知我討厭蕹菜，伊就故意炒一大盤，是要炒給鬼吃呦？我嚼不爛豬肉，伊就紅燒排骨，不知是要給狗吃的，還是伊自己要孝孤的？」

身經百戰的阿嫌一聽，立刻扯開喉嚨反駁，用擊鼓伸冤的聲量：

「無天無理喔！一透早就指定愛吃蕹菜和排骨，要不！我煮死煮活的，是七月半要普渡妖鬼嗎？只會含血噴人，天頂的媽祖婆也比伊好款待呦！」

戰鬥了三四十年，她們倆各有一套《孫子兵法》。只是，彼此的陣法、戰術又太熟悉了，出招拆招之間，已經了無新意。

街坊鄰居沒來半個和事佬，包青天也懶得現身，群眾顯然早已失去耐心。

沒人加油、也沒人勸架，兩個女人吵了幾句之後，戰火既燒不旺，也就自動熄了、滅了。沒輸贏的鬥爭，雙方都有掩不住的失落。

但老的還是要掙回一點面子——那是她一向堅持的習慣。她提高嗓門向四方八界呼嚷出去：「甘願白米飯配豆腐乳，也毋愛伸箸去挾菜挾肉，被人當作普渡的妖鬼！」

豆腐乳不是沒有，廚櫃裡有一小罐，開封一個多月了，沒吃完也忘了丟。鐵皮罐一打開就封不了口，早就黏搭搭溼糊成一團黃屎。

阿嫌還是有點良心：「豆腐乳放真久，已經不能吃了，吃了會漏屎、腹肚疼！」

老的一聽，又逮到機會，立刻大嗚大放起來：

「連討吃一些便宜漏底的豆腐乳也不給，淩遲我這個目睭青瞑的老大人喔！天公伯！三界公祖呀！怎不讓我趕緊死死咧！早死早超生，免受人苦毒哦！」不小的肺活量，哭得整個牛薩腳都要滾燙起來。

好吧！是她堅持要的，不是我「橫柴拏入灶」硬塞的。阿嫌狠下心，挖了一小團，用碟子盛到她桌前。

老的伸出乾癟癟的手掌去探摸，確定好方位，一雙竹箸準確地夾起一小糊豆腐乳，抹放到碗裡，配著白飯，大口大口扒進嘴巴嚼，皺巴巴的臉上泛起得意的微笑。現炒青脆的蕹菜、燉爛鹹香的豬排骨，竟被一小碟醃製的爛黃豆打敗了。

原來，味蕾的感覺並不重要；口舌勝利的滋味，才是她拚死也要享受的。

她牙齒敗了，吃飯只能靠硬牙床磨，下頷往上顎一冒又一冒，飯渣沿著嘴角溢出些來，她會用舌頭再舔進去。磨磨舔舔的整個下巴，像祖厝門埕口的石磨——曾磨出最惡毒詛咒的大石磨。

阿嫌冷冷地瞅著她，眼光像兩把利劍，對著瞎眼的老婦又砍又刺：「好呀！虎豹母、鬼夜叉，想不到妳也有今天。」

她沒忘記：她用七次懷孕來證明自己、凌遲自己；也用七次的生產來羞辱虎豹母、折磨鬼夜叉。兩個差了二十多歲的婆媳，天天提著心、吊著膽，害怕殘酷的傳說成真、抓狂的謾罵落實……

提心吊膽當中，兩人內心真的不敢有期待！但也不敢確定，潛意識中，是不是完全沒期待？

直到生產完後，喝過蕗藤汁的女人，沒產下瞎眼、瘸腳、聾啞或破相的嬰兒，才讓兩人都放下心中的巨石。但憂慮與折磨瓦解了，彼此卻沒有同仇敵愾，更不可能會同舟共濟。她們都會抱孩子、親孩子、逗孩子笑；但她們也都罵孩子、怨孩子、偷擰孩子哭。她們都恨——恨孩子血液中，那不屬於自己的部分。

吃完了，瞎老太婆拄著藤枴，撐起身子，顫危危摸走回房去。

換阿嫌坐了下來，那碟豆腐乳她沒興趣；甚至親手煮出來的東西，也都走了味。她胃口大壞，胡亂扒著飯，嚥吞下去的，全是氣惱的辛辣。

日頭明晃晃，從天窗射幾道亮光下來。碟子旁邊怎麼也閃著白色光絲？裊裊絲絲、屈卷起來又伸拉出去，緩緩移動的小東西……再湊近一些，定住眼睛仔細看——是蠕動、帶點透明的蛆，一隻隻、一條條沿著碟緣往下爬，有的垂吊掙扎著，有的翻落摔跌下來……阿嫌全身的汗毛都豎了起來。

逝

孤獨陪伴著阿嫌吃早飯。玻璃罐裝的豆腐乳是新開的，飄散著醃製的豆香，她靜靜望著，伸不出筷子去挾。

太陽出來了，微弱的力道，驅趕不走黑夜的陰沉。記憶是一道道閘門，不能拉開的。一拉開，就是洪水潰決的衝擊。人老了，抵擋不太住了……

阿桂在門外喊她，催她去聽老人會的演講。

火旺死後，時間一下多出很多。脾氣暴悍、口尖舌利的她，竟然也交到幾個朋友——都是孀居的老婦。年紀差不多，湊在一起數落兒子、詈罵媳婦，日子才不會太無聊。同病相憐又同仇敵愾的感覺，拉近了距離，她們也老姊妹似的親密起來。其中最知心的，就是阿桂了。

「新正年頭，會再講那款腰子痛、心臟病的話題否？聽了心肝刺刺的，犯人忌，歹采頭！」阿嫌挽起阿桂的手，耐心細步陪她橫過馬路。

「昨晚下半暝，寒得半死，棉被蓋再厚，也凍得瑟瑟顫。我起了嗄龜喘，喘得前氣接不著後氣。厝內大大小小，無一個爬起床來看！」阿桂有哮喘的老毛病，兩腳又一直患風溼，走起路來相當艱難。

「唉！萬事萬項想開一點，就天闊地闊、無煩無惱！」阿嫌勸得了別人，卻勸不住自己。她嘩啦啦傾倒起自己的憂悶：

「妳還有兒孫在身邊作伴。不像我呀！飼老鼠咬爛自己的布袋，無倚無靠，等我目一閉、腳一蹬，誰會來收屍？可能要靠慈濟的行善團，賞一口薄棺材來裝哦！去到陰司地獄，恐怕連鬼都不願意和我作伴哦！」

她神色比往常慘淡，用手揉壓起胸口。起床這麼久了，大石頭還一直壓著，沒移開過。

「呸！呸！呸！『歹話耳邊過，平安災厄棄！』」阿桂急了，顧不得膝蓋的疼痛，吐一口口水在地，連跺了幾下腳。好像這個動作，就可以去除掉所有的不祥：「十五元宵還沒過，攏總算是新正年頭，今日又是天公生，妳黑白講，天公伯會責重罪！」

「好啦！好啦！免講那些有的無的！」一大早就不小心吃了葷的阿嫌，更不敢再得罪天公伯。

但是，一整個早上的回憶與積怨，讓她更加強了已下定的決心。她又細細地叮嚀起好友：「講真的，阿桂！我交代妳的，千千萬萬要條條記著。我一世人大聲嚷、大力做習慣了。如果，那一天真正到了，拜託呀拜託！千萬毋通放我給人凌遲、給人苦毒！」

水溶溶的街道、反射正月昏懶的陽光。莽莽奔逝的車流，載運著不堪的往事，一輛輛、一車車，從遙遠的過去駛了過來……指甲掐、鞋尖踢；左右開弓，劈哩啪啦摑打耳光……火燙燙的菸頭，傷腫腫的嘴角……失禁的屎尿，滴滴答答，淌落褲管……流浪狗被踹，抖顫的哀嚎……濁白的眼翳，蒙蓋了黑眼球……拄著藤枴，顫危危摸走出去……豆腐乳……溼黏的黃屎團……翻落醬碟旁，一絲絲蠕動，帶著透明的蛆……

一幕幕急閃而過的影像，隨著歲月的侵蝕，變得更扭曲、更誇張……阿嫌睜瞪起兩眼，緊緊掐抓阿桂的手——像溺水後攀抓著浮木，語氣更加堅定了：

「阿桂呀！我當妳是親姊妹，才敢開口請求妳來做。妳免驚惶！我手腳要是能稍微振動，就一定會自己解決，絕對免勞煩妳的金手。就怕我老本吃完，還死未死、活不活……。彼當時，就要拜託妳囉！那包東西放在啥位，只有妳知道。另外，用紅手巾包起來的，是要答謝妳的，妳趕緊拿走。天不知、地不覺！天公伯會因為妳做功德、消業障，保庇妳大吉大利、長命百二！」

「好啦！好啦！免講了，誰愛那些？也不知誰要先『去蘇州賣鴨卵』？講那麼多有啥效用！」說完，阿桂又覺得觸了霉頭，急著吐ㄇ水、跺她的風溼腳。

「各位親愛的老大兄、老阿姊：恭喜！恭喜！恭喜新春大發財。來！來！來！請大家坐落來，桌頂有紅棗、甘仔糖，大家免客氣拿起來含。嘴內含甜甜，給您大家明年生後生。喔！失禮！失禮！小弟我講突岔去了，是給您的金孫明年生後生。

……今日，初九天公生，是大大的好日子，小弟我真歡喜行到貴寶地的老人會，來和各位老大兄、老阿姊開講。

要開講啥？就是要講財產分配的大問題：財產要何時分？按怎分？對咱老大人最有利。

各位父老兄姊！拜託您大家要坐好認真聽，毋通四界趴趴走；也儘量不要點頭『啄龜』、流嘴涎。聽完了後，不但摸獎送沙拉油、洗衣粉及保溫杯；午餐也免煩惱，老人會要請大家吃便當哩！」

梅仔坑是嘉義縣老人最多的鄉鎮，「老人會」經辦的成敗，是決定鄉長、鄉民代表口碑好壞的關鍵。拜選票威力所賜，這裡的老人們，常有得吃又有得拿，算滿有福氣的。

然而，七八十歲的老人，平時坐著懶得動，一聽演講，不用十分鐘，就滿場走動；平日睡不著，一坐下來，頭就越垂越低，流淌口水、猛打起呼嚕。

便當及摸彩是誘因，鼓動著老人們前來，因為，場面太冷清是會影響選情的。「名嘴」的搞笑兼耍寶，是演講的前菜，希望能打開老人們不振的食慾。至於上主菜時，還有多少人是清醒的？就不是那麼重要了。

那位律師名嘴，梳個油亮亮的西裝頭，拿著麥克風，穿件白色夾克，一笑開，眼睛瞇成兩條細線；嘴巴則拉裂到兩個耳垂下，笑成彎彎的大弦月：

「人講活老要有三寶：合床同心，有『老伴』是第一寶；同遊共樂，有『老友』是第二寶；吃飽穿好免煩惱，有『老本』是第三寶……尤其是第三寶，千萬千萬要顧好，毋通被內神或外鬼拐了去，一打缺角，您就是氣死，也是驗無傷哦！」

阿嫌心頭又糾緊起來：「哼！一隻嘴只會畫唬爛，專門講這些五四三的。外鬼沒啥大才情，拐我不去的啦！反倒轉是辛辛苦苦奉三牲、拜五禮的內神，我對付不起……」氣一直不順，她用力吸了一大口，再慢慢吐出去：

「現在，我不會再當大憨呆了……賣掉最後的茶園時，錢一入褲袋，三個不孝子，還『六月芥菜——假有心』來對我阿母長、阿母短的。一確定我死也不放手後，又走得無影無隻……幾年前，大孫來向我討一千元，我不給伊就是不給！管伊講甚麼急用。大人大種了！還好意思咬老阿嬤的布袋！真不知見笑。只不過，想不到伊竟然……唉！……」

回憶的閘門又打開，再度淹起大水，阿嫌陷入滅頂的狂浪中。她奮力掙扎，浮上水面，一口接一口，喘吸著空氣。

……………………………………

……………………………………

「各位老大兄、老阿姊，您們若問我，財產要在啥時候分給兒孫才好？您大家斟酌聽，俗語講：『寵豬，拆灶；寵子，不孝。』所以，毋通太早分。分了，您身苦病痛時，會無人過問。

但是，俗語又有講：『煮同鼎、吃共桌；田發草、大厝倒。』所以，也不好太慢分。太慢分，大大小小會共產懶爛，一家變赤貧。」

名嘴滔滔不絕，一波波裂岸的聲浪，激盪起阿嫌回憶的海嘯，她全身冒出涔涔的冷汗，是窒息前的痛楚……

「講這些有啥效用？我飼的豬，何止是撞破灶；我賺來的田園，早就發滿草！老猴中風十年，有誰人來相借問？我——老、孤、苦，過了五六年，有誰人來相看顧？」

載沉載浮的阿嫌，捲入憤怒的漩渦，被兇猛的力量，牢牢地往下吸、往下拉，她已無力掙扎。一張老臉血色全消，胸口一上一下，猛烈起伏。

…………　…………　…………　…………

…………　…………　…………　…………

「老大人的『老本』，就是養老飼老的唯一根本，千萬毋通拿去耍大家樂、簽六合彩，股票咱老大人也輸贏不起。尚好是寄郵便局或農會的定存，吃利息，免煩惱……用五十塊、一百塊去買個大樂透還沒啥要緊；若用一兩萬去『包牌』，就是頭殼壞去了。」

…………　…………　…………　…………

…………　…………　…………　…………

「各位老大兄、老阿姊：您大家人老心未老、顧好身體最要緊……喂！喂！……阿婆……坐在後面的阿婆是按怎樣？哪會頭殼一直倒向仰？唉呀！壞啦！壞啦！踣倒落去呀！……趕緊扶著，現場有醫生否？有醫生否？趕緊來救人！來救人喔！……」

現場哪會有醫生？現場只會手忙腳亂、大呼狂叫！

最後，還是這位律師抱起阿嫌，開車送去大林慈濟醫院急救。但是，來不及了！該來的，還是逃不了、躲不掉！

醫生宣佈阿嫌的死因是：「突發性心肌梗塞」。

喪

牛薩腳三個兒子立刻被通知了。但是，不急著趕去醫院太平間迎母屍。反而先到阿嫌的住處，叫鎖匠開了門，大陣仗地翻箱倒櫃。翻不出甚麼值錢的好東西，正覺得懊惱。

這時，阿桂哭啼啼趕過來了：

「好！真好！三個果然都來了。現在，人攏總出去，門先關好鎖起來。怕我來偷，就貼上封條。你們先去迎大體，引亡魂，喪事辦好了後，再請梅東村的王村長來做公親兼證人，免得以後多事端。放心！你們想要的物件，我一定當面替你們找出來。」瘦瘦小小的老婦，說話卻是千鈞的力道。

十幾年沒回去的牛薩腳祖厝，阿嫌終於回來了。不過，不是走進來、踏進來；是被抬進來、搬下來。

大廳堂裡，圍起黃色的布幔。布幔的正中央，攤平印滿佛經梵文的往生被。往生被下面，覆蓋著馬達呼嚕呼隆哮喘的大冰櫃。

是有幾個尼姑來唸經、道士來作法，但場面還是冷冷清清的，孫子及親友，沒幾個前來。

阿嫌安安靜靜躺在冰櫃裡，似乎凍結掉一生的火氣，也凍結掉三四代的恩仇。

她被換上簇新的壽衣壽裙，臉上沒畫任何妝，闔閉著雙眼，白白的霜霧凝凍在眉毛；癟皺的嘴唇，緊緊抿成一條粗重的鎖鍊。死後的她，仍然不減潑辣辣、寒凜凜的威勢。

只不過，炸完一身一生的火藥之後，再過五天，她就要入殮，葬進溼冷的泥土了。

按照禮俗，棺材抬出門、喪事完全結束之前，廳堂內原先供奉的祖宗神龕，要用紅布幔遮蔽起來，不需移位，但也不能和死者對望。這對阿嫌來說，絕對是件好事，她不喜歡在最後關頭，還跟李氏一家族，尤其是那隻虎豹母大眼瞪小眼的。

年紀超過八十了，鄉長及大小民代送來的「人情」，都已是大紅色、燙金字的輓帳、匾額，一幅幅、一塊塊高高掛在靈堂兩側：「母儀可風」、「壼範足式」、「懿德流芳」、「福壽全歸」……字字句句，張開大嘴巴，唱著悅耳的頌歌。

平常連蓋個鐵皮車棚，也號稱「新居落成」，廣發紅帖打秋風的二兒子，三不五時，就走過來翻檢帳冊。憂心忡忡的表情，透露著這一場白事，撈不到甚麼油水。

祖厝外面，曬稻埕灰撲撲的。六十五年前，阿嫌「洗門風」的門檻還在，還是積滿陳年的塵垢。

中午，吃完飯，大家漫不經心圍坐著，摺起紙蓮花——費錢、費時又費工的無聊活兒。

正月中旬，寒流大發怒威，厚重的衣褲，把每個人綑成大肉粽。天冷風強，抖唆唆的指頭，不太聽人使喚。摺著、摺著，老三發起牢騷：

「阿母一世人，勤勤儉儉，不信東不信西的。幾張印上佛經的薄黃紙，就是一大碗滷肉飯的價錢。我看別摺了！摺了也無啥效用！退還給葬儀社吧！別花這筆錢，惹阿母生氣！」

於是，一朵朵代表子孫孝心的紙蓮花，就被一碗碗香噴噴的滷肉飯替代了——當然，他們也記不得，喪葬大禮，全家大小都應該要茹素的。

冰櫃裡躺著的阿嫌，應該也不會在意這些的。活著時，人海翻騰、浮浮沉沉泅泳了一輩子；死後，幾朵紙摺的蓮花，就能載著她航向極樂世界去嗎？十多年來，沒人管她有沒有餓死；現在，她才懶得管他們吃啥喝啥！

黃昏時，大媳婦領著返家的大孫，遵照古禮，從庭院外一路哭號，匍匐跪爬進來：

「阿母呀！您的大孫倒轉回來了！轉回來祖厝，要披麻帶孝，親手捧香爐、神主牌，送您上山頭囉！……伊少年未曉想，向您討一千塊討無，就三年五冬不去看您、也不叫您阿嬤。阿母呀！您現在做神了，千萬毋通和伊計較、毋要責罪，伊是您最親的大孫呀！」

三年五冬不叫阿嬤的大孫，一臉木然的跪在靈前，哭不出眼淚，也裝不出懺悔。大媳婦強按他的頭去磕地：

「夭壽死囝仔咧！還不趕緊大聲叫『阿嬤』！人死尚大，責罪落來，你就知慘了。叫！

死囝仔咧！趕緊出力大聲叫！」

大孫終於不情不願叫了。

阿嫌有沒有回應？會不會計較？就沒人知道了。

晚上，按照習俗要徹夜守靈，三個兒子和幫襯的一群人，受不了無趣、無聊的漫漫寒夜，就決定開設場子，玩起四色牌、搓起麻將來。

於是，靈堂前燈火通明，吆五喝六，大碗喝酒、大口吃肉，嘩喇喇洗牌、響噹噹擲牌，比起新年還熱鬧。

老大賭輸了錢，氣呼呼走到靈前，焚起香、彎身大拜：「阿母！妳無靈無聖，攏無保庇我贏錢。現在，我再上桌去摸幾圈，若無贏，就拆散妳的靈桌。」

倔強的阿嫌，不管是生前或死後，都一樣是不可威脅的——老大輸得更漏底了。他怒火攻心，再加上借酒壯膽，竟真的大張聲勢要來拆靈桌。老二、老三急忙攔住：

「大兄！免衝動，明天是禮拜二，六合彩就要開盤了，毋通得罪阿母。不如，咱們去找童乩來這裡跳跳看，說不定已經做神的阿母，會報咱們明牌！還有，聽說簽死人鞋子的號碼，也會中大獎，找找看有無阿母的舊鞋?毋通忘記：『赤查某會旺家火、賺財產。』何況，咱李家一向是靠阿母賺大錢的。」

可能是阿嫌不想再飼養咬布袋的老鼠。六合彩開獎後，她的靈桌果然就被拆了。

託

一切喪事該辦的，總算都辦完了。三兒四女一點也不需要休息，急惶惶請出梅東村的王村長來當證人。

矮瓦房一開鎖，已近一星期無人打掃，灰塵、酸臭與霉味，撲打每個人的臉。

阿桂年紀最大、也最愛哭，慢吞吞地踏進門檻。泛濫的眼淚、鼻涕，織進皺紋的經緯線中，變成一張滿佈滄桑的尋寶地圖：

「那一日，伊出門還牽我的手過街！按怎樣去想，也想未到伊會走得這樣無聲無息！」

「你們大家來看！電鍋內還有伊透早煮好的、沒吃完的白米飯……」原來最大宗的酸臭味，來自那鍋餿掉了，長滿綠霉與白毛的米飯。

一夥人全皺了眉頭，女兒、媳婦們還用手掌摀住了口鼻。只有阿桂還在叨叨絮絮，緬懷兩個老女人的交情。

王村長年紀大了，處理過李家太多的紛爭。他不確定阿嫌匆匆走了，一切是已結束或剛開始？他不願說話，也說不出話來。

阿桂還是繼續她的哀悼：「伊拖磨一世人，到頭來兩手空空，說走就走，連靈桌都被拆得散噴噴。阿嫌姊呀！妳為啥會這麼歹命……」淒淒切切的哭訴，夾帶著不平的嗚冤。

「好啦！好啦！阿桂姨，毋通再嚎了！妳目屎流到乾，我阿母也無法度從棺材爬出來。村長伯真無閒，我們也有大大小小的事項要處理，趕緊將物件找出來，有較實在！」這是三兒四女一致的要求。

阿桂一聽，眼淚更是狂流，昏花的老眼被淚水一浸泡，所看到的影像更是失了焦、亂了形。那三兒四女，在阿桂的瞳仁裡，不像服喪的孝眷，倒像七隻貪婪又猥瑣的蟑螂。

阿桂嘆了好幾口長氣，緩緩拉掉臥房五斗櫃的底層抽屜，再用彎彎的雨傘柄，從櫃底勾拉出一個布包來。

布包密密實實束紮著，也束緊了旁觀者的心肺。

阿桂抖著指頭，怎麼解都解不開布包的死結。王村長接過去代勞了，七隻蟑螂也快速地圍爬過來……

花花綠綠的包袱巾，應該買了好一陣子了，有著漿洗過的水痕。打開攤平，四四方方的棉布上，印著一棵蒼勁的老松；松樹下，四五隻丹頂白羽的鶴鳥，有的晾翅、有的低翔、有的昂頭踩著悠閒的步子。圖畫的正上方印著四個大黑字——「松鶴延年」。

三樣東西現了形，懸疑的謎底終於揭曉……

最先被注意到的，當然是農會的存摺和印章。老大一把搶過來，指甲按著數字，仔仔細細地數：

「個、十、百、千、萬，五萬，只剩五萬！賣了尚好的茶園，為啥只剩五萬多？一人分不到兩萬，白包又收得少，真真正正是賠死人喔！」他萬分懊惱。

老二、老三的眼睛原先也閃著亮光，此時此刻，全都消黯下去了。

「大兄，我們雖然是查某的，但也是阿母伊親腹生的。法律上，我們嘛有份！」真不愧是阿嫌生的女兒，懂得計較到底。

「有份，當然嘛有份！不過，所有的喪事費用，妳們也不可沒份！」老大冷笑著。

還好，爭論一下子就結束了。他們的眼光集中在第二件東西——小小的紅手巾上。換阿桂接過來打開——是兩枚金戒指。老大掂一掂重量：「唉！不到五錢重。」七個人的神情更失望了。

「阿嫌姊本來講，紅手巾包的是要答謝我的。但伊走得真緊、真好，免需要我出頭出力，這些你們拿去分吧！我本來就毋要的。」

只剩最後一樣了，阿桂的手抖得更劇烈。打開小小張的牛皮紙，裡面包的是一小撮粉末。

「阿嫌姊講，老本一用完，伊就不想要活了，會吞下毒藥粉，了結一切。萬一中風或意外，手腳不能振動時，要我幫忙拿藥給伊……。伊講死後一定會感激我，保庇我腳健手健、富貴長命。」

阿桂掩著臉哭，越哭越悲哀：

「久病床前無人問呦！阿嫌姊呀！現在妳解脫了。我呢？我才不愛啥長命、啥富貴。妳千萬要保庇我像妳那麼好死呀！」

阿嫌的子媳女兒們，對她的悲哀不會有興趣，急急走開了。

往後，梅仔坑的「民事調解委員會」可又有得忙了——忙著分那五萬多存款和兩枚金戒指。

說不定——還會告上法院呢！

「阿桂姊，這是啥毒粉？」王村長用手指揑揉著灰黑的粉末，掐到鼻尖聞一聞。

「是豬藤汁混合氰酸鉀，聽說入喉即死！」阿桂回答著，幽緩的語調，有卸下重擔後的癱軟。

「萬一阿嫌姊倒落眠床，妳真正會拿毒藥給伊吃嗎？」村長好奇地問。他不確定，眼前這位憨直又愛哭的老女人，知不知道助人自殺是犯法的、要坐牢的。

「這……嗯……不一定會！也不一定不會！」

阿桂笑一笑，閃著淚光的微笑，竟飄過一絲年輕女性的慧黠——既不符她的年紀，更配不上她的經歷。

那絲慧黠，緊緊絞紐著荒謬與痛楚，一閃而逝。接下去，是無邊無界的荒涼……

真的！做與不做？

她不一定會！也不一定不會！

犯不犯法？
她或許知道！或許不知道！
不過，已經不需要了！
也一點都不重要了！

良山

魘魔

那東西又出現了！送不走、燒不掉的東西，足足纏繞良山將近五十年的東西。從少年監獄陰黑的牆角，跟到中央山脈後方，金黃燦爛的金針山坡；再跟到太麻里街上，他賣雜貨的簳仔店……從他一頭黑髮，跟到兩鬢濃霜。

良山脊背發涼，倒抽一口氣，緊緊閉上眼。兩片眼瞼底下，卻是一幕幕自動上演的影像，逼真而殘酷。總是選在他最倉皇痛苦的時候，蠻橫地倒帶、連續地播放。

還是那間灰瓦屋，他和阿爸相依十六年的灰瓦屋。牆腳有拚死掙冒出頭的烏榕；土糊的壁縫，塞夾著慌張求活的芒草。山上不休不止的強風，吹朽掉一大截簷桷，簷桷上架著橫樑，一半早被斧頭砍削掉；剩下的，也快被蛀蟲啃光了。

橫樑上依然吊掛著麻繩……

長橢圓形，牢牢打個大活結。橢圓的圈裡與圈外，隔開的生與死，是兩個相通卻彼此陌生的世界。

月光白慘慘，從天際射下來，四周刮起強風、漫起白霧，陰陰茫茫的場景，昏沉沉又醒冽冽。那橢圓繩圈，兀自一動也不動，吊掛著半個世紀墜落的掙扎、沉重的憾恨……

是魔魔，魔魔又來了！

良山心驚膽顫，額頭一下子就爆滿汗珠，汗珠漫過花白的目眉，像千萬隻細針，狠狠戳著、錐刺著他的眼珠。

五十年來，這一幕太常出現了，多到他搞不清楚是人是鬼？是夢魔還是心魔？

這麼沉重的過去，過不完的過去，早已壓得他背脊微傴了。他還是咚一聲，筆直跪了下去……四歲時，一場大流行的小兒痲痺，瘸了他一隻腿。單邊膝蓋承抵不住衝擊的力道，整個身軀重重撞壓下去。一壓撞，撞趴在冷銳的碎石粒上。

他跪趴著，對著甩不掉的過去，背脊一起一伏，一個響頭接著一個響頭。聲音從五十年前傳到五十年後，空洞又淒慘：

「阿爸！我不是不想要回梨園寮去！天公伯伊就知，我有多想要！您講的沒錯，我是不敢。這麼多年冬了，我真正是不敢。您要替我想，我放不掉的，別人怎有可能放掉？」

「阿爸！是我犯了天大地大的罪條，是我不孝，是我害您的，是我……」

閉鎖的聲帶，習慣於悶著、壓著。辯解也罷、認錯也罷，摩擦著歲月的硬繭，仍免不了沁出點點鮮血。

他是困在捕獸籠裡的白鼻心，冷硬的鐵鉗狠狠箝住腳掌。血流多了，雖然會自動止住，創口卻乾涸成黑紫塊，黏住毛、咬住肉，死命貼著，又痛又緊。愈掙扎，撕扯得愈痛，痛到脊椎骨底去。不認命，拚盡力氣去囓啃，牙齦、嘴角、鼻頭磨得又傷又破，翻掀出粉紅的底肉……

「這五十冬，我無一日好過。天公伯在責重罪，是報應！一切攏總是報應，我無話可講……」

「但是，我沒放未記您！我逃到天邊、閃到海角，也不敢放未記您所受的拖磨和委屈。」

「是我，攏總是我！是我害您吊樑頭、害您被村民『送肉粽』……」

良山不住地磕頭，皮擦破了，鮮血沿著前額汩汩流下。一滴滴、一線線，連成一片片，流到下頷、淌進脖子、漫進胸膛。

「您要責怪的太多了，為何單單只怪我五十年冬沒去培墓和祭祖？你葬在啥所在，我哪有可能知曉？彼當時，不是我不願披麻帶孝。我關在鐵籠仔內，未得出去呀！一出去，恐怕也被梨園寮的鄉親亂棍打死了，也捧不了香斗及神主牌，送您上山頭呀！」

「沒錯，我該死，我該死……該關的，也被關了。要怪就怪那個大赦，我一千個、一萬個不願意提早放出來。我可以重新做人嗎？我重新做得起人嗎？做得起，您和春花姨也無法從墳仔埔爬出來做人！」

「匿藏在太麻里種金針、賣雜什，我活得和死人也差無太多。好幾次學您綁好麻繩，但是，您交代過不允准的，我的頭就是不敢伸入去。惡形惡膾在五十年前那件事全用空了……我活不活、死不死。」

「阿爸！五十冬，五十年冬一次，梨園寮的觀世音廟又要建醮大拜拜。您要我這時候轉回去，我哪敢？我哪敢？」

哪敢？……敢？不敢？敢？……哪敢？

故鄉與故知

一束束白光，從天頂、從東方，一寸寸慢慢伸長，一點一點用力，一方一方射刺、推進。

籠天蓋地的黑布幕，被刺破了。刺破了，厚重的大黑布，嘩喇喇一下子就全被拉扯下來。也不知是誰？誰從哪裡冒出來的氣力？

天全亮了，氣溫更熱。更熱了，山水街景也全都變了。

良山穿著簡便的襯衫西褲，整整齊齊、清清爽爽。從來不打領帶，他恨透脖子被死勒的感覺。計程車上強力吹送著冷氣，他額頭依舊冒滿汗珠。

跨出計程車，使勁打直沒瘸的腿，用力撐住，不准自己再跌跤。這是個不很熟悉，但絕非陌生的地方，他不願帶拐杖回來；甚至，不願意帶過去回來。

黑色的塑膠旅行箱，吃力被拖行著，沉甸甸、悶重重的，裡面裝的豈只是行李？箱子跟隨他的瘸腿，一拖一頓、一頓一拖，迎接他不堪的從前、忐忑的未來。

「對不住，借問一下，劉旺長鄉長住在啥所在？」——五十年了！風刀霜劍嚴相逼，到底磨掉良山一些記憶了。

「啥?劉旺長?嗯!沒聽過咧!真歹勢,您且去問別人好了。」年輕小伙子的頭搖得像博浪鼓,「失禮!失禮!」連聲賠不是。梅仔坑憨直的鄉音和表情,還是沒啥改變。

連續問了幾個人,得到的都是零落模糊的答案。良山一顆狂蹦亂撞的心,竟悠悠緩緩平穩下來,開始有了規律的節奏。涼風從街尾竹篁那邊流蕩過來,為他吹乾一頭淋漓的汗水。太陽還是狠毒,但空氣已不再那麼悶重了。

他走著,一步步踏回從前——

五十年的從前,梅仔坑市集只有一條瘸瘸節節的主街,群山環繞,四周座落著:牛薩腳、梨園寮、望風嶺、過山庄、苦苓腳、龍眼林、金鳳寮……十幾個山庄。

三百多年來,各庄頭的莊稼漢挑著重擔,淌著汗水,翻山越嶺,踩踏出一條條的「汗路」,以梅仔坑市集為中心,向四周做輻射狀的散出與集中。所有大小買賣、八卦耳語,都在這條主街上進行。

一下雨,街心坑坑窪窪都是積水;不下雨,塵沙隨著強風滾滾打旋。車子很少,偶爾出現一輛,噗!噗!噗!噴著黑煙屁、哮喘著引擎,從天邊開了過來。一群打赤腳的小孩,立刻跟隨在後頭,邊追邊跌;不時歪頭偷瞧玻璃車窗,咧張著大嘴,門牙蛀掉一兩顆,黑了洞,笑了又笑……

現在，良山踩踏的是柏油路，鋪整得又平又直。兩邊矗立著一間間商店：三層樓的鋼筋水泥，整齊劃一，像立定站直，等候口令出操的阿兵哥。

騎樓下的攤販，就屬散兵游勇了，這邊冒出來、那裡突過去，不止沒軍紀，簡直像打家劫舍。攤架上大剌剌堆滿了蔬果，一個個扯直喉嚨吆喝：我就是敏豆、我就是高麗菜……我就是楊桃、我是龍眼、紅肉李……

瓦缸內的南北貨稍微收斂些，蹲屈在店角，羞人答答的。熟門熟路的大姆、阿嬸逛進店來，捱過身、彎下腰，就是一陣挑揀。手掌翻過來、攪過去，抓起一大把花生剝殼吃，碎裂的乾殼一個接一個，丟擲到大街心。再不，袖子一挽，撈起醃醬筍、掏出漬鳳梨，湊近白胖的圓臉，吸著鼻翼一陣猛嗅。黏搭搭的醬汁，直接塗抹在蓋甕的紅布塊上。

良山顛顛頓頓走著，揪著心臟，一眼一眼慢慢瞧，低低卑卑的恐懼戒慎……沒錯！記憶還在午睡，千萬別吵它，讓它睡沉一點、足一點，醒來時，或許就能放鬆一點、寬容一點。

「喔！劉旺長呀！早就目睭閉、雙腳直，『十七兩翹翹』，『去蘇州賣鴨卵』很多冬了，你當然找無囉！現此時，伊的後生耕土，從梨園寮搬到街上來，開店賣筍乾，外銷日本，賺大錢的。」

路旁抱孫子的老婦，一邊回答，一邊盯住良山瞧。她一張窄小的臉，從額頭到下巴，畫了一個大大的問號。

「耕土？劉耕土！伊的額頭跌過一個疤，蒜頭鼻、面肉烏烏的？」故鄉得故知，故知又發達，良山的聲調忍不住高亢起來。但一眼瞥見老婦臉上的大問號，頭立刻又低下去。

「咦！你倆人熟識呀？伊就住在新興路。人真古意、店面真闊，我帶你過去泡茶、開講？」

「阮倆人是國校同窗。不好勞煩你了，我自己去找就可以。多謝、多謝！」良山還是守著他的謹慎與低調。

梅仔坑的麻竹筍外銷：不管是加工醃漬，用鐵桶緊壓密箍後，製成真空的「桶筍」；或者是切成薄片、撕成細絲，攤鋪在水泥廣埕，曬到乾酥酥之後，再用塑膠袋封存成「筍乾」。這些特產，在在征服了日本人的味蕾。二三十年來，筍商靠它炒了不少地皮，蓋起一幢幢高樓；小門小戶的婦女，也有了貼補菜錢的機會。廉價的童工們，寒暑假過後，更有錢去註冊讀書了。

早期，筍廠煙囪噴冒的煤煙，常燻得人白衣上有拍不掉的黑屑；黃豔豔的防腐硫磺，也常引發小孩上氣接不了下氣的哮喘。但是，在經濟掛帥、大賺外匯的年代，這一些好像都不需要太在意！

耕土的店面真的不小，比賽得獎的匾額掛滿了白牆。不鏽鋼櫥櫃、紅木事務桌、真皮大沙發，所有的傢俬都是新的。但是，當年的兩個小學生，卻都老了。

平行前進的兩條線，互不相干五十年了。現在，突然刻意拉歪了，一線扭提向上、一線硬拗彎下，勉強交會、連貼上，驚駭彆扭中，有著掩不住的錯亂。

話題不容易找，烏龍茶只好泡了又泡。瓦斯爐呼嘯了汽笛壺，汽笛壺騰冒出白煙。磁製的杯子、木雕的托盤，鏗吭鏘噹，碰了又撞。都快七十歲的兩個老男人，竟連正視對方一眼，都覺得驚慌。

「耕土！我想拜託你一件事。」良山終於開口了：

「我阿爸暝日來糾糾纏，要我轉回來梅仔坑祭墳拜祖。當年，你阿爸做鄉長，後事是伊相招鄉親辦的。你知我阿爸葬在啥所在否?」憋了五十年,一口氣傾洩出來,不但沒有舒暢,老臉反而更青黃了。

耕土向茫茫的時空努力索討記憶。然而,五十年是深不見底的黑洞:「嗯!在梨園寮墳仔埔。我有捧香斗、神主牌送上山頭。不過,早就忘記在啥位了。」

「是你捧的香斗?」良山一張臉更扭曲到走樣,嘴角唆唆直抖,「多謝」兩個字,羞慚到擠不出牙縫。

「那——神主牌呢?」良山頭垂得更低了。

「燒掉了!做法事的師公講,你不在,燒了就不用唸經做七;也可免掉早晚燒香、三頓拜飯菜。棺材一入墓壙,墳土掩密了後,就在碑前燒了。」

耕土看著良山低垂的頭顱,毛髮稀疏又花白,跟自己的沒甚麼兩樣。上大對待人們,有著太多的無情與不公;但唯獨「老去」這件事,沒太大的偏心。

對這位人間蒸發很久的同窗,他可一點都不陌生。那樣的故事!不管是上了戲的演員或站一旁的觀眾,恐怕都沒有人忘得掉!

當然,忘不掉的,還有很多……

送肉粽

五十年前的深夜，十六歲的耕土，理著中學生的大光頭，在昏黃的燈泡下，搞他永遠搞不懂的代數。

那天一早，他還代替好友良山，盡人子的天責——捧水源伯的香斗、牌位，跟隨在招魂鈴、引魄幡的後面，爬很長的崎路去墳仔埔。

薄薄的棺材，四片杉木釘成的。一面鏽痞的銅鑼、兩隻尖銳的嗩吶。就這樣，在漫天的白霧及呼嘯的野風中，吹吹打打，送走了同庄的慈善阿伯……

墳仔埔並不可怕，梅仔坑的野孩子，誰沒在一壟一壟的墳丘間捉過迷藏？摘過紅豔多汁的草莓？大膽一點的，撥開芒草時，還會抽出破甕裡枯黑的肩胛骨，丟出來嚇唬女生。

因此，此時此刻，在書桌前苦苦糾纏耕土的，不是墳仔埔的舊魂新鬼，是笑容可掬的周公爺爺。

他是梨園寮庄內唯一考上縣初中的，總算沒丟他鄉長老爸的臉。其他男生，家境過得去的，學習撥算盤作生意去；家裡窮的，當黑手學徒或替人插秧砍柴去。女孩子們，能讀到小學畢業已是家恩浩蕩了。在家帶弟妹、到工廠當女工，等著媒婆來說親嫁人，是唯一的出路。

阿母走過來，喀喳一聲，扭熄垂吊的電火球，整個房間頓時暗了下來：

「去！去！上眠床去躺平。棉被蓋住，頭殼蒙緊，不准爬起來！有聽到否？」她的聲音高拔尖細，卻抖著顫音，一點威嚴也沒有。

被命令上床去，耕土反倒掙脫周公的擁抱了：「驚啥驚？『送肉粽』就『送肉粽』。村裡又不是沒送過；我又不是沒偷看過！」耕土嘟囔著，用剛剛變聲，找不到音準的鴨子嗓。

沒錯，兩年前，他找良山壯膽，伏低了身子，一路偷偷地跟，瞪大兩雙像貓一樣的眼睛，躲在草叢底、藏在寒水潭大樹背後，看過一齣人、神、妖、鬼大戰的好戲——「送肉粽」。

「細漢囝仔，不知厲害，不想要活命了？你再偷走出去看，我就先把你打死。那個良山，人惡命就硬。偷看後，身軀一滴點也無打缺角。你卻七八日額頭燒燙燙，嘴內亂亂唸，差點被『抓交替』，你敢忘記啦？」阿母生氣了，「啪！」一巴掌打在他光亮的頭頂，聲調卻壓低了不少。

「不是五月節，也不是真的『肉粽』，為啥要全村送？送啥送！鬼也有好鬼，有啥好送的？」

被罵又挨了一掌，耕土更是不服兼不平。

「呸！呸！呸！囝仔人，有耳沒嘴，毋通黑白亂亂講。」阿母更驚惶了，幾乎要伸手掩住耕土的嘴：

「吊死的冤魂若無送走，庄頭永遠不清不淨，會一直『抓交替』，輪替著吊死人。都怪你阿爸，做啥鄉長？鄉裡一出事，他就跑第一去處理。誰規定鄉長的後生，就要替冤魂捧香斗、端神主牌，沾一身軀的穢氣！」她很憤怒，很替丈夫、兒子感到不值；而且，辛苦拉拔大的兒子，卻先替別人捧香斗，她也為自己抱屈。

「良山和我國校同班六冬，代替他捧香斗有啥穢氣？縣中的校長還說我熱心幫助人，會記我大功。阿母妳聽了，也嘴笑目笑的。怎麼在別人背後，就講一大堆壞話！」十六歲，是男孩子最講情義的青春期，也是「天下父母皆不是」的叛逆期。

「甭講起良山！那種夭壽事項，伊也做得出來？悲哀呀！春花和水源，兩條人命耶！你給我較乖一點，一粒頭殼若亂亂想，先叫你阿爸趁早打死，免得跟良山同款，削世削眾！削伊十八代祖公、祖嬤的面底皮！」

提起良山所幹的事，即使是同窗好友也語塞了。沉默好一會兒之後，耕土呼喘出一口大氣，憂心悄悄地問起：「伊被警察銬上手銬帶走，會被砰！砰！死去否？」

「哼！才十六歲，槍殺不掉啦！反倒是快要六十歲的，上吊死去了！這算啥天理？天公伯哪有目睭？」

「阿母！妳替水源伯不平，又怕伊變吊死鬼？我代替伊的後生抱香斗、捧神主牌，伊做鬼也絕對不會來害我的！對不對？」知道好友不會被槍決，耕土緊繃的神經放鬆了；再想到水源伯生前的憨直可親，更是理直氣壯起來。

「問、問！問到一隻柄可拏了。不趕緊去睏！冤魂若要『抓交替』，你就有份了！」阿母還是緊張兮兮，催罵兒子上床去。

躺在床上的耕土，一顆心、兩隻腳卻在梨園寮的巷弄、山路奔竄著。

他知道：從水源伯上吊的屋角，一直到寒水潭，廟方早規劃好一條「送肉粽」的路線。沿線家家戶戶要死閉門窗，不留一絲縫隙；大門口要黏貼道士畫的「鎮煞符」。每張符咒，都是粗黃的草紙，畫著歪七扭八的黑墨。那些奇形怪狀的字，跟他急著交書法作業，拿著毛筆亂塗亂掃的差不多。或許，真的連鬼都怕看到吧？

其他路口，會用大腿般粗的麻竹管，圍成匝匝密密的路障。路障正中央，掛起「前有法事，禁止通行」的木牌。每截麻竹管綁上七條黑線、七條白線，再貼上一張張的「青竹符」。耕土聽老人家說過：青竹可以鎮煞、符咒可以驅鬼。「青竹符」是陽間的保護傘，一把把撐張開來，就擋得住亂跑亂竄的邪魔惡鬼。

梨園寮庄頭篩選出好幾個孔武的壯漢，鎮守住每個路口。他們趾高氣昂，額前綁起紅頭巾、手執高過頭的木棍，粗聲粗氣地攔截好奇的閒雜人、可憐的末路鬼。

然而，龐大森嚴的仗勢中，仍留有一絲溫情——每個路口，麻竹管上垂吊著一束金紙，用鹹草簡簡單單縛吊著。冤魂們可以直接拿取，黃泉路上，好當盤纏花用……

廟口的老鐘，一敲完十一下，耕土曉得：二十歲以上的壯丁，全都高高擎起閃爍爍、明晃晃的火把，緊抿著嘴脣，集合在水源伯的灰瓦屋前。

請來驅鬼的神祇，必定是天上能征善戰的武將。有：踩著青蛇、踏著黑龜、長長鬍子、一臉剛正的玄天上帝。還有：穿著金黃肚兜、笑出一雙小酒窩、紮著兩隻沖天辮、踩踏風火輪的哪吒三太子。

「天臺桌」早就搭起來了，桌上一左一右端供出兩整碗的鹽與米。鹽、米的正頂尖，插上避邪的柳枝條。

大紅頂冠的白公雞、赤黑肉疣的青番鴨，現場就被宰殺掉。扭彎了長脖子，無辜的頭，被夾埋在翅膀下的腋窩裡。鮮紅發亮的雞血、鴨血，混合一氣，盛裝在青花磁大碗公內。兩隻雞爪、兩張鴨蹼，伸挺得又硬又直，偶爾，還會輕輕抽搐……

耕土當鄉長的阿爸，一定站在最前頭，會同梨園寮的老村長、廟公，及頭戴通天冠、身穿八卦袍法術高強的道長。四人一聲喝令，大夥就展開霹靂行動：割斷勒頸的麻繩、剁爛墊腳的木椅、拿斧頭削砍綁吊繩的橫樑……所有水源伯碰觸過，用來結束老命的東西，一一拆除、件件毀掉。

道長再引點香炷，燃燒起一大堆金紙，恭恭敬敬向神明請借法力。

夜風中，一束束火舌翻飛捲騰，跳動幽冥世界詭譎的舞步。道長喃喃唸咒，一會兒瞪大目眶、一會兒瞇閉眼珠，唸著只有玄天上帝、三太子爺才聽得懂的咒語。

緊接著，道長左手捏起法訣，右手執起毛筆，大喝大吼，騰空躍跳起來，撲轉迴身，再張臂下筆。筆頭伸進大碗公，淋淋淌淌，飽沾雞、鴨紅豔豔的鮮血，一筆一筆，點敕著沾染凶煞的器物。

道長的臉孔猙獰又兇惡，青過一陣、白過一陣；突爆、怒瞪的兩眼，尋向左、察向右……不再是玄天上帝的剛正、三太子爺的天真，只有讓人、鬼都顫慄的威勢……

隊伍開拔了，鮮血點敕過的凶物，全部要送出庄頭。

壯丁們一路拚命放鞭炮、敲銅鑼、打鍋蓋；用桃木劍、竹掃帚猛力拍擊地面。使盡全村神與人的力氣，喊著、嘯著、威嚇著，驚天動地圍打、扑擊、追趕著，追趕到寒水潭那邊去。起了一把猛火，燒掉一切在世的怨恨及赴死的工具。再把火紅的灰燼，拋進黑冷的深潭。一入潭水，冤鬼惡煞頓時力消氣散，被囚進陰府地曹。梅仔坑活著的鄉民，才能按下驚慌與恐懼，不必再擔憂「抓交替」的陰森與威脅。

鞭炮、銅鑼、喝聲、斥嘯聲、掃帚扑地聲、火把霹爆，風風火火的隊伍，漸漸遠去了。一場殘酷的人、神、妖、鬼大戰，慢慢地落幕。

床上的耕土卻仍翻來覆去睡不著，一心惦記著好友，那個被警察銬走的好友；還有，好友的阿爸，被「送肉粽」的和善阿伯……

小學時，他替瘸了一條腿的良山背過書袋、幹過大架。今天早上，還代替他當孝男。但是，良山呀良山！你要做那件驚天動地的事，怎麼連對我都不講？朋友是做啥用的，都當假的了……

耕土埋怨著，心中沒有法律的量尺、道德的批判，只有友誼受傷的憤怨。

味道

「梨園寮的觀音媽廟又要建醮大拜拜？啥時候？」良山問起，聲音蒼老而瘖啞，頭更抬不起來了。他的心被鞭子抽打，一鞭鞭抽在結不了疤的傷口。一打就是五十年。

五十年後的重逢，友誼是斷續飄浮的遊絲，彷彿已不似當年：「哦！就在後日，是三朝醮的『祈安慶成醮』。」

為了建醮，觀音廟管理委員會，新附設一個「安醮局」，由鄉紳們依照傳統，總辦大小事宜。耕土當上了委員，一切熟得很：

「觀音媽建廟已經兩百五十年冬了。這一次，梨園寮全面素食禁屠，醮祭三天。『祈神酬恩』和『施鬼祭魂』兩項大典，同時舉辦，跟五十年前的同一樣。」耕土一邊興沖沖、一邊小心翼翼。「廟埕口也要辦『過火』」這句話一到舌尖，立刻硬吞回去。

他知道，人世間有很多事，即使在五十年、一百年後，不能碰的，還是不能碰。

「我想明天去墳仔埔，祭拜我阿爸！」良山囁囁努努，不敢開聲請求。

「我陪你去找墓！」耕土卻主動又爽快地答應了。

梅仔坑街上，有專門賣金紙、香燭及幫人寫牌立碑的店鋪。但是，良山還是特別坐公車去嘉義市，訂做一個神主牌。請人用毛筆寫上「佛力超薦顯考林公水源神位」。再買一個大紅提籃——細竹枝、嫩竹篾編織而成的「謝籃」。擺進幾大疊金紙壓住籃底、襯妥周邊，好讓神主牌可以穩紮紮直立著。

梨園寮離梅仔坑街市很遠，離良山的魔魔卻很近。在街上小小旅店中，他失眠一整夜。

太陽高一點、露一點，從最東方的山頭，跳出一張大金大黃的臉。透亮的大臉，閃射出萬道億道芒刺，刺織成密層層的網，一網又一網撒向人間。

一路上，計程車司機再怎麼好奇，也無法從兩個不吭聲的悶葫蘆，探聽到一丁點八卦。彎彎曲曲的山路，雖鋪蓋著瀝青，卻依舊顛簸，像兩個蒼老的心境。

耕土讓車子停在梨園寮庄前，不直接開進去，是對老同窗細微的體貼。

良山捧著謝籃，謝籃上遮蓋著大紅棉布。一瘸一拐的腳步，找尋並承受著他斷裂的親情、永恆的痛楚。

老同窗伸過手掌，想替他代勞。良山搖搖頭苦笑：「五十年前，你已經替我捧過了。」

一進庄頭，良山瘸拐得更張惶了，一顆心提吊到喉嚨。還好，庄裡的男男女女，採茶的採茶，除草的除草；沒事幹的，也只對耕土打聲招呼。天氣太熱了，熱到懶得理會陌生人了。

但是，廟口到了……

擴大、整建過了，這廟。良山不敢細看，又管不住自己的眼睛，看了又看。撐著廟身的四根大楹柱，全部塗上丹紅油漆。楹柱上攀纏著五彩四爪、斑斑斕斕的祥龍。

往天空飛翹的屋簷，簷下吊掛黃澄澄的大銅鈴。四面的簷頂，依舊棲蹲著三隻奇奇怪怪的猛獸，像水鹿、土牛、又像麒麟，背上全長出想飛衝上天的翅膀。

這樣的廟，是道教或佛教？對點起三炷香，就傾倒滿肚子辛酸、滿腦子祈願的梨園寮子民，是一點都不想計較的。

廟埕口大廣場，紅毛水泥鋪成死硬的灰白。但是，熱鬧滾滾的醮場已準備好要上場：兩大座燈篙已高高豎起，燈籠早就掛上去了，陰陽分開，就只差還沒點亮而已。左邊是大紅燈籠，喜洋洋恭迎天界眾神、四方地祇。右邊則是雪白燈籠，悠悠晃晃招喚著無主孤魂、橫死野鬼，告知他們，前來這兒，這兒有暫時的溫飽與薰香……

「打算在啥時要點燈？」良山問。

「快了，明晚午夜正十二點！」

午夜——十二點……正十二點——午夜……五十年前的夜，點燈，那晚點燈，十二點……

那晚——幾個斑斕盛裝的道士正在點燈開壇，既是邀神請鬼的大宴，又要有防魔鎮煞的準備。

七星步、八卦陣、天罡羅、地煞網……奇特、誇張又歪扭的步伐與陣勢，踩踏著千百年來人們的祈願與恐懼，一步步、一步步，踏向前來。

水牛號角嗚嗚吹響，噹噹叮叮的引魂鈴招搖著。現在，鞭炮還不能炸。炸了，會打擾到大方蒞臨的神祇；或者，驚嚇到縮首畏尾的好兄弟。

人擠人的廟埕口，十六歲的良山，也跪在供桌後面，屈身在好幾長排的蒲團中。旁邊跪的是他阿爸——林水源，六十歲不到，黑、乾、瘦，像七十。

父子倆手拿著三支香炷，高高舉過頭頂，免得觸燙到人。背脊一俯，躬身下拜，拜出生命中對共同女子的思念——雖然，她已提早離開七八年了。

為兒的，企圖在幽幽緲緲的記憶裡，抓住一點亡母的身影。為夫的，祈求神靈疼一點、眾鬼讓一點，好讓陰間的妻，不要再受人世的拖磨與病痛。

凡夫俗子要的不多，就寄託在跪伏的膝蓋與裊裊飛昇的香煙中。對亡妻的眷戀，刻鏤在水源每一根骨頭裡。然而，亡母的記憶，對良山來說，確實是太遙遠空虛了。眼前出現的女子，血肉鮮麗，才真的讓他心搖神蕩。

血肉鮮麗的女子——是住在對屋的春花。二十二歲的少婦，短袖碎花洋裝，烏黑柔亮的長髮剪短了，時髦地燙了起來。一鬈鬈的俐落、一鬈鬈的嬌俏。

醮場上，無數盞電火球高掛著，亮白的強光往下刺，她霧騰騰蒸冒著一身熱氣。從提挽來的謝籃中，拿出鮮採的玉蘭花、鳳梨、紅龜粿、紫米糕……擺在供桌上，虔誠地跪拜下去，就在良山的前一列。

熱氣漫淹過來，良山聞得到她身上的味道——神祕又熟悉的氣味。氣味早就被他偷了許多過來——從曬衣的竹竿上。好幾件、小小的、四角、三角的，花紅柳青的，像他腦子底快要壓不住的火花與綺念。那些氣味全都藏在寒水潭，別人聞不到也搶不去。

他隨身也挾帶一件，藏在口袋，不時伸手掐著、抓著。細棉的柔嫩，他一寸寸捻揉著……不止這樣，夜夜，他瞞著阿爸，溜出灰瓦屋。躲在對面大厝屋腳，眼珠子穿透清澈的玻璃，玻璃上還黏貼著「囍」字——拒絕褪色的剪紙，駐守著紅豔與浪漫。良山佈滿血絲的眼，湊在「囍」字後面，就著橫橫豎豎二十四個筆畫的空隙，一眼輪換過一眼，瞇著、瞪著、盯著，瞧盡了紅眠床上，小夫妻的纏綿……

黃昏，替人插完秧，良山便躲到寒水潭，躺在大石磐上。從樹洞裡掏出深藏的花紅柳青，猛力撐張所有的肺葉，吸著、嗅著，整塊蒙摀在臉上。空氣中都是她的味道，苦苦糾纏他的幽幽香氣。聞著、吮著、罩蒙著整臉的飢渴，身子一下子就滾燙堅硬起來，再不聽從指揮……

他的身體，早已是百分之百的男人。小兒痲痺瘸了一條腿，並沒影響到身高，也沒妨礙到發育。只是，唯一的死黨耕土去讀縣中了、阿母早死、阿爸太老。梅仔坑鄉好山、好水，他卻好孤寂。從沒人教他如何控管——控管肚臍下，那火山般的能量。

那股能量蠢蠢啟動，越蓄越多、越積越強……壓不下去了！他抱起頭殼、縮腰彎背、緊夾兩腿，在石磐上摩擦翻滾。越摩越滾，火卻越燒越熾旺。他呼呼喘氣、大聲呻吟，握緊拳頭，砰！砰！砰！砰！捶打岩壁，燄火仍熊熊包裹全身，從腳趾甲燒到頭毛尖，一寸寸爆裂。

忍不住、滅不掉，要炸開了——

他縱身一躍，跳入潭中……

左肘臂仰起，切下，旁划，撥開；換右肘臂……吐、吸，大口，猛力踢腿剪水——逃命似的。

翻轉過跟斗，踢蹬石岸，筆直射向前，水花嘩啦啦四濺，像縱游藍色海洋的鯨豚。

只有在水中他不瘸，一身兩腿，了無缺陷……換個蝶式，矯健又優雅；再翻躺，游仰式……冷水浸透了伸展的四肢，一寸寸放鬆，緩和了他狂亂的思緒和神經。

來來回回游了好幾圈，他才爬上大石磐呆坐。一頭一身的潭水淌滴著，臉埋在兩個膝蓋間。

天邊是血紅的落日，幾道霞光穿透雲層，閃澄澄的金黃，照射在他熄了火的身軀上。

眼角慢慢泛出淚光，哆哆嗦嗦抖著手，他撕扯起件件花紅柳青。碎它成千絲、裂它成萬片。碎裂的千絲萬片，再牢牢綁在蘿藤上。

拉著蘿藤再躍入潭水，從這一岸牽繫到那一岸。來來回回，彎彎折折，像浮在水面的萬國旗，隨著一股一股的水流，漂過來、盪過去。像他的手，輕輕捧著、細細撫著她柔軟的腰、豐隆的胸。

花謝

現在，廟埕廣場的前排蒲團，跪拜著短袖碎花洋裝。洋裝裡，擠穿著汗溼的胴體……五燭光的昏黃，紅眠床上，一起一伏相疊的身影……電火球的強光刺得他暈眩；鑼鼓八音，喧天鬧地，潮水般淹過來。良山青澀的臉，泛起一陣又一陣臊熱，像滾滾捲動的漩渦。

「水源兄、良山，你們也半暝來拜拜呀！」碎花洋裝一轉身，瞧見了這對父子，笑瞇瞇打起招呼。

「怎會只有妳一個人來？金樹呢？良山！大人大種了，見著人，也不曉要稱呼！」水源禮貌地回應對門的小新娘，也威嚴地提示兒子。

「春花姨！」良山溫馴地喊了，一顆心卻差點從胸腔蹦跳出來。

「良山，細漢囝仔，三更半暝無去睏，堪得住嗎？」她還是笑瞇瞇地。

良山被歪打正著，一張臉更轟隆一下，整個炸紅了。

春花豐潤的嘴唇，是寒水潭中粉色的紅菱，傾訴出來的亂珠碎玉，可叮噹噹滑進良山的耳渦：

「金樹有急事出外去，要幾日後才轉回來。村長伯講，後日午時醮典結束，全村才允許開葷。大家要備好『五牲』在門口拜天公。拜完了後，大廟埕舉辦『過火』。每一家都要捐獻現刣現剖的三擔木柴來孝敬神明。金樹不在厝內，我一個人，一定刣不夠三擔。」她有些發愁，眉頭稍稍蹙緊了。

「那簡單！明日一透早，叫良山幫妳刣柴、挑擔去！」

「尚好，尚好！金樹轉回來再給良山工錢。」

「厝邊隔壁的，又不是外人，算啥工錢？免生份啦！」

「那怎麼好意思！還是要算的。多謝你們哦！」她放下心中的大石頭，輕鬆地走了。

良山可一點也不輕鬆。回家後，躺在床上翻轉了一夜。

一透早，梅仔坑的熱氣還在賴床，藍湛湛的天空，一朵雲也沒有。良山將整顆頭埋浸在冷水盆裡，企圖洗去一夜的綺念、一夜的失眠。

阿爸先遞給他一盒飯包：「白米飯我壓得密實，還有鴨卵炒菜脯、幾塊鹹豬肉。不會吃不飽。」再拿給他柴刀、扁擔、麻繩：「刀我透夜磨好了。厝邊隔壁的，更要認真做，不可失人的禮！」阿爸疼他，一直把他當大人，很少呵斥責罵。

良山點點頭，裝束完畢，就走向對門去：「春花姨！我來啦！」聲音有點抖。雖然，他已極力假裝鎮定。

「是良山嗎？我馬上就出來。」依舊是亂珠碎玉的清脆。

竹斗笠再綁上花頭巾，花布衫、灰長褲、遮陽的黑布手籠、幹粗活的麻織手套。帆布農袋背在肩頭，洗得泛白，裡面有吃的、喝的及女人家用的。她是苦苓腳嫁過來的美貌新娘，也是梨園寮人人稱讚的賢慧農婦。

彎過牛蘼腳的冷杉林，是少有人煙的山路。木柴很多，但必須砍乾燥的、粗硬耐燒的，否則是對神明的不敬。他們逡巡慢行，一遍遍小心尋找。

不願被她盯著一拐一瘸的窘態，良山刻意跟在後頭。樹蔭雖多，擋得住的只有日照，擋不住的卻很多。

前面的她走著，兩步的距離，對良山來說，很近也很遠。透過花布衫，隱隱可見到她內衣的輪廓：淺肉色的胸罩，左側腋下一整排布釦子，兩條細彎的吊帶，垂繞過肩頭。可一粒粒解開的布釦子……良山甩甩頭，甩不掉五燭光燈下，兩朵盛開又晃搖的粉白蓮花。

長湖崎汗路的石階有一千多層，她微微前傾著腰肢，吃力爬著，前腿交疊過後腿。合身的灰長褲，隱隱透浮底褲的形狀——是花紅或柳青？四角或三角？良山眼都盯直了。一隻手悄悄伸進自己的褲袋，狠狠捏著、揉著他挾藏的小棉布……

她流了不少汗，熱氣向後方漫騰，混著雪花膏面霜的香味，絲絲縷縷全鑽進良山的眼鼻，細柔柔、慢敦敦，搓摩他的肺、纏裹他的心……

他逐漸追不上了，哆嗦顛頓的跛腳、滾燙難堪的心事，讓他一步步跟遲了。

「對不住！我行太快了。」她發現了，主動停下來。紅豔豔、氣喘喘的臉，起伏的胸口汗溼一大片。有些愧疚與不忍，她遞過了水壺，一派關心，是長姊、大嫂甚至母親式的關愛。

「不要、不要！我要的不是這款樣！」良山內心一陣狂呼狂喊；手卻乖乖舉起，接過水壺。仰起頭，直著喉嚨灌，咕嚕！咕嚕！喉結上下滑動，一口吞嚥過一口。

喝足了，停放下來，手背抹甩嘴角的水滴，將她的關愛遞送前去歸還。眼一刺，瞥見壺口的一抹胭脂紅，他的唇一定覆蓋到了……覆蓋到了，稍稍降落的體溫，又衝升滾燙起來。

「行真累了哦？這裡有較平，咱坐落來休睏！」她淺淺的微笑與詢問，還是母姊般的口吻。

他順從地坐下石階，緊抿著嘴唇。覆蓋過胭脂紅的兩片薄肉，吮吸著強大的幻影。口絕不能張，一張開，千字愛慕、萬句思念，就會嘩啦啦傾倒出來。

她也不言不語，是擔心那三擔木柴？或是惦記未歸的丈夫？

摘下斗笠，她輕輕搧著風。一頭鬈髮，汗溼著，汪汪亮亮的烏黑。好幾彎細絲，卷成好幾撮小浪，不伏不貼地黏在頸後。細嫩、溫柔的黏膩，玉一般、磁一般的瑩滑……風的手指，伸過來、摸撫過來，癢嗦嗦，輕搔搔，良山的脖子一陣又一陣酥麻。

她把黑布手籠、粗麻手套也脫下來，讓手臂透透風。渾圓的結實。汗水、雪花膏聯合起來，攪亂了空氣，他聞到寒水潭邊深藏的幽香……夜裡，五燭燈光下，她渾圓結實的胳臂牢牢環圈著，攀住丈夫的脖子。頭頸向後仰，柔軟的腰肢使著韌強的力道，向左搓、往右揉、抬升起、壓按下……嗯嗯哼哼！享受肉體至歡的女子……

挾藏在褲袋的花紅柳青，被手指揉碎、指甲戳破了，良山遮不住、管不了的滾燙又堅挺起來。火舌翻騰，烈火蔓燒，澆不熄、滅不掉……寒水潭在遙遠的山頭，這裡沒沁冷的潭水可浸泡，這裡沒平坦的石磐可翻滾。這裡——只有昏黃燈下，嗯嗯哼哼！肉體酣暢的鮮麗女子……

火山不能不爆了！來自地獄的能量，炸破阻擋的巨石，火柱冒向天頂，天也搖、地也動。衝爆出赤紅熔岩，向天噴、往地罩，火黑色的巨蕈，傘一樣地撐開、塌陷，遮蔽住日月，流覆了屋舍，壓不了、鎮不住了！赤燄、岩漿追趕著狂奔的人、狂奔的獸，轟隆隆的世界，狂奔得出一條生路麼？

爆發的良山，奮衝一身的飢渴與滾燙撲向她。不再是溫良沉默的山，是露出尖齒，狺狺嗥嘯的虎狼。

力道太猛了，衝翻過石階，推倒在草叢。她驚駭，厲聲大叫，拚著命拒絕與掙扎，手臂、臉頰被菅芒割出一道道血痕。掄起拳頭，她全力回擊，一聲聲尖銳呼救……

……太慢了，我的人，我的女人！妳已糾纏我太久，我們註定藏不了、躲不掉了！誰教觀音廟要建醮？誰教拜完天公後要「過火」？誰教這山坑崁尾只有我和妳？我本不敢的，不敢的，我哪敢？

哪敢？一年多來，我只能像老鼠溜出牆穴，偷偷看人吃大餐，山珍海味哪有我的份？妳的男人可以壓著妳，讓妳聲聲呻吟。我只能一寸寸揉捏著花紅柳青，看萬國旗在寒水潭浮漾……

……不准大叫！在床上，妳一向不大聲叫的。解不開的粒粒布釦子；扯不下、甩不開的花紅柳青。不管了！狠狠碎它成千絲、裂它成萬片。千絲萬片，沒有綁在蘿藤、浮在寒水潭，是牢牢綑住我的心、綁住我的身。撕它、碎它，不給綑綁了，再不給綁了……

為何要死力抓我、打我？是妳喜歡的，幾乎夜夜的，不是嗎？妳說不是嗎？不是嗎？為何咬我？妳是被他咬過的，在肩頭。妳「哎呦！」一聲後，立刻咯咯的笑。五燭光燈泡下，全身綻放咯咯地笑……手掌虎口汩汩冒血了，妳還咬，還死命地咬。他不怕妳痛，妳就不怕我痛？不管了，一切都管不了了……鉗住妳、重重鎖牢妳；搗住妳，壓住妳嘴、鼻……

那晚，看妳被咬，我回去後，用枕頭搗著臉哭，哭到天亮。昏黃燈下，妳全身綻放咯咯地笑……鉗住妳、重重鎖牢妳；搗住妳，壓住妳嘴、鼻……從妳纏裹著一身豔煌煌的血紅，坐著花轎送進對面大厝的那一刻，我就癡癡看妳、瘋掉了地想要妳……

鉗妳、鎖妳、搗住妳。妳不該是別人的新娘、別人的女人……不，我不恨妳！我替人翻土、插秧時，也都在想妳。鉗妳、鎖妳、搗住妳……妳是肥沃的田土、溼熱軟膩的田土，我日日夜夜想翻耕播種的田土……鉗妳、鎖妳、搗住妳……

靜了？停了？不動了！

喔！不管，不能管，也管不了了……要圓那個夢，那個掏乾我五臟六腑、磨碎我四肢百骸的夢。等一下恨我、殺我都可以。或者，我會自己來，阿爸磨好的刀……我向妳跪下自己來，乾淨俐落的結束，儘量不嚇著妳……求求妳，一次就好，用我一生換妳一次，求妳！

不動了！為何不動了？

睡了？昏了？還是答應了？

不管了！可管不了那麼多了！

……陷進去，陷進妳的漩渦，妳淫熱軟膩的漩渦。今天，妳是我的女人，可以緊緊摟抱的女人。妳的動作雖然一向大膽，卻又是溫柔的纏綿。我的女人，淫熱軟膩的女人，衝刺著一身滾燙，探向妳淫熱軟膩的最幽深。我不怕熔掉、化掉。給我一次，一次就好。只要有那麼一次，下地獄也甘心。

淫熱軟膩的最幽深，是寒水潭竹蔭樹影的最幽深。仰起，切下，旁划，撥開……吐、吸、踢、划、剪水——拚命似的游去。深潭深澗的最幽深，不瘸不跛，了無缺陷……換個姿態游進……再翻躺，游仰式……淫熱軟膩浸透了全身。肚臍下久蓄的能量一寸寸揉推，一寸寸擠送，推呀擠呀！全控管不住，火山徹頭徹尾爆炸了。

岩漿劇烈噴射，噴爆宇宙的毀滅……噴完、射完，一切收縮痿退。活火山睡了、熄了！

不搖不震的山河，倒回混沌的太初，只剩嬝嬝的灰煙，歪歪斜斜癱軟下來。

靜了！停了！不動了！

為何妳還是不動？

在床上完事後，是他不動的。妳會拉過棉被溫柔地覆蓋他，倚偎著、窩貼在他的胳臂。為何不動了？妳講話，講話呀！起來罵我、打我都可以。為何瞪突眼睛？為何直直看我？我只要一次，真的只想要一次！不騙妳，會把妳還給他，還給他的……

不要！求求妳！不要，不要不動！

緊緊抱著她，良山一臉淚珠，一臉驚惶……對不住！我不是故意的！我真的不是故意的！

……不敢要的，再怎樣都不敢的！怎會變成這樣？

怎麼辦？要怎麼辦？……他擦拭她鼻頭、嘴角的鮮血，把頭埋在她還溫熱的胸前。

怎麼辦？再來要怎麼辦？

不能怎麼辦了，完全不能怎麼辦了！

……他手指輕輕撫著阿爸連夜磨好的柴刀。閃著寒光的鋒刃，腕大的樹枝，都可一刀砍斷的銳利……

別怕！妳已是我的女人，別人搶不走了。等等我，我會陪妳走。別怕，真的不用怕……對！就是這樣，讓我替妳穿好衫褲，乖乖趴在我肩頭。我抱妳去，去我平時想妳的地方。到那裡後，我們就一起走，妳不會孤單的。山坑崁尾有長溜溜的龜殼花、齜牙咧嘴的臭鼠狼，我不會丟下妳不管。妳也不要一個人走，要等我、千萬要等等我……

妳不重，妳是我最想擔負的重量。終於爬上千層石階了。翻過這座山稜，往下走，渹渹渚渚的水流聲衝進耳渦，大瀑布水浪亂濺，那就是寒水潭了。妳先躺在大石磐上。生是別人的人，死是我的鬼了。我一定會好好待妳，比他更好，一定比他更好，相信我！

妳好好躺著，這是我插秧、割草後，天天來想妳的地方。空氣裡都是妳的味道，潭水上面漂漂蕩蕩的，全是妳最貼身的花紅柳青，妳很安全，很安全，別驚、別怕……

日頭爬上天頂的正中央，熱氣在山間流竄，良山卻是全身冰冷，嗦嗦顫顫。已經做了，他不怕，鐵了心要陪她走：「生是別人的人，死是我的鬼了。」他一遍一遍在心底唸著、唸著。

……只是，那位黑、乾、瘦的憔悴老人呢？當佃農、打雜工，把他拉拔大的老人呢？走之前，該不該向他辭別呢？

脫下棉布衫，蓋住她的身；拔些草來，軟軟地墊在她頭下。良山向她解釋，語調溫柔、堅定又負責——像要出門的丈夫：妳舒舒適適躺著，休睏一下，我去一下就回來。阿爸養我十六年，不能不回去看他。阿母放下他，我也要丟下了，他以後要一個人活著了。放心，很快，我很快趕回來，回來後我們就一起上路……我有砍樹的柴刀，阿爸連夜磨得尖銳，只要把刀柄牢牢插住石頭縫，刀尖對準心口，身子伏下去、趴下去，一下子，我就趕上妳了……等我回來，很快的，我保證一切很快就會結束。我把命賠償給妳、也陪伴著妳……

歸

良山一拐一瘸，飛奔進梨園寮庄頭。精光著上身，像一頭抓狂的野獸。撞見他的人，都驚駭得瞪眼張嘴，愣站在路邊。

衝進家門，阿爸坐在祖宗神龕前的方桌，正端著碗吃午飯。良山咚一聲跪了下去，頭磕得砰砰響：

「阿爸！阿爸！我做了，做落去了。要走！只有跟伊走。對不住、對不住！以後，您要保重！千萬、千萬要保重！」

「猴死囝仔咧！你做了啥？做了啥？」水源是五雷轟頂的驚愕。猛衝過來，帶翻了籐椅，一把抓起良山的頭髮——兒子頭一抬，一張臉正對著他，青損損、白蒼蒼，五官全走樣；嘴脣臉頰黏沾血跡、眼神凶毒又渙散……

水源瞬間有些明白了，手一鬆，整個身軀癱跌下地……他撕扯一頭白髮，大哭大嚎：「天公伯呀！這畜牲做了啥呀？做了啥呀？」掄起拳頭，一下接著一下，磞！磞！磞！捶擊自己的心口。

良山慢慢站起身，緩緩又定定地承諾：「阿爸！您老大人心肝免艱苦。一命賠一命，我要陪伊去了……後世，若有後世！做牛做馬，再還您、報答您。」

頭一轉，奔出門去，一瘸一瘸的顛頓，仍是不慢的速度。

水源追趕出去，一路呼號：「轉回來、轉回來！死囝仔，毋通去自殺！趕緊倒轉來，死囝仔咧！人呀！人！誰人幫我抓伊倒轉來呀？」聲聲淒厲，衝盪在梨園寮熱氣騰騰的巷弄。建醮時期，梨園寮的漢子戒葷又戒色，個個精力充沛。此時，奔出家門圍捕，三兩下子，就替水源伯抓住良山了。

抓住了，就走不了、陪伴不了了。

他——被扭送梅仔坑街上的派出所。

她——留在大石磐上，等候驗屍官……

驗屍官來了又走了，金樹卻遲遲還沒趕回來。

昏昏茫茫的暮色，從天邊海角向寒水潭進攻。白晝像快被殲滅的傷兵，節節敗退，已經無處可匿逃了。再等下去，山窟水窪的，有太多無法預料的凶險。

建醮時期，不能沾惹葷腥，更沒人願意碰觸、抬送凶死的屍身。於是，飄著白髯，一臉威嚴的梨園寮老村長，下達一道既仁慈又殘酷的命令：「養子不教父之過，罰水源背春花回家。」

眾人監督著、跟隨著，不發一語的死寂與肅穆。水源背起春花，一步又一步，走過兒子的來時路，步步踩著愧疚、踏著悲慟……僵硬的屍身，全毀的人生、全毀的家。兒子說要賠，賠上一條命就賠得起嗎？兒子也說要陪，走上黃泉路就陪得去嗎？春花一定恨兒子入骨，怎麼會讓兒子跟隨？真的陪伴得了！一起到了枉死城，向閻羅王報到。都是兒子千不該、萬不是，閻羅王一定大怒，兒子會不會就要滾刀山、炸油鍋去？會不會滾完、炸完之後，還不准喝孟婆湯、過奈何橋去投胎？兒子說要賠她、陪她……他說到做得到嗎？做到！林家就斷後了；做不到！如何向春花、天公伯、金樹及他自己交代呢？……

月娘慢慢升起了，但比剪下的指甲片彎還小、還輕。厚重的黑布幕，從天上降放下來，起起伏伏的山路、一叢一叢怒聳的樹、爬上走下的雜碎人影，全被沉甸甸的黑，徹徹底底壓住、罩住。

沉默的隊伍行進著，回到了梨園寮庄口……幾個婦人攔站在路頭，耳後夾著避邪的榕樹葉，手中舉著閃煌煌的火把。

站在最前頭空手素服的，是從苦苓腳趕過來的寡婦——春花的親娘。五十歲不到，有著姣好的五官、俐落的腰身……春花若沒死，二十幾年後，也一定是這般樣。

一個下午的傷慟與等候，早已流光她後半生的眼淚。她一步步向前，異常的冷靜。從水源背上接抱下女兒，往地上一坐，緊切切地擁抱入懷，臉頰下巴貼著，輕輕緩緩地摩娑……好似二十二年前，小小春花才剛出生一般。

她伸出手指，一撮撮、一絲絲撥撫女兒散亂的髮絲；捧起臉，一遍遍細看。嘴裡只有一句：「春花，我的查某囡、我的查某囡！……」

……地球靜止不轉了。建醮請來的天神地祇都躲開了，連一小點的月牙，都隱到烏雲背後去。

四周傳來女人們低低的啜泣。男人們垂著頭站著。沒人敢驚動這一對母女，被命運玩弄得徹底的母女……

進屋前，她只對林水源拋下一句：「你的後生刣死我的查某囡！」聲音冷冷的，連看他一眼都沒有……

水源轉過身，拖著步，一步步走向對面的家——已不像家的家。

關上門，扶起翻倒的籐椅，緩緩坐下來。方桌上有他未吃完的午飯；兩盞長明燈幽幽又恍恍，神龕裡住著林氏的列祖列宗。水源覺得，有十幾隻、二十幾隻食指，伸出硃紅灑金的神龕，猛力指著、戳著他的額頭：「你是怎樣教示後生的？你是怎樣教示後生的？」聲聲迴盪，盪得他耳膜抽疼。

他抱著頭殼，不敢閃、不敢躲，連半句求饒也說不出口。兒子一直是那麼乖、那麼勤快……怎麼會這樣？怎麼會做出天大地大的歹事？兒子一向是那麼聽話——那麼不說話！……兒子被警察銬走了。銬走了，會不會兩手被反綁、跪在黃沙土礫，頭垂得低低的，正對著一堵冷硬的灰牆，背後槍口一閃紅火，砰！砰！兩聲，他就陪她走了？這一走，一定被牛頭馬面用鐵鍊鎖著，脖子被拉著，拉進枉死城，滾刀山、炸油鍋去了……要是沒有被警察「砰！砰！」……兒子一直說要賠她，賠給她一條命。命要怎樣賠？多久以後賠？只要兒子一賠出了性命，往後，過年過節，神龕裡住著的祖公祖嬤，就斷絕香煙，變成孤魂野鬼了……「金樹轉回來再給良山工錢！」春花穿著短袖碎花洋裝，一臉盈盈的笑……春花的娘看都不看他一眼：「你的後生刣死我的查某囝……你的後生刣死我的查某囝……」十隻、二十幾隻食指，伸出神龕，戳刺他的額頭……「你是怎樣教示後生的？你是怎樣教示後生的？……」

天又一寸寸亮了，金樹連夜趕回家了。他用頭去撞牆，捶打停屍的床板，哭喊著天地，哭喊著緣淺又薄命的枕邊人，哭到崩天裂地……他不明白才離開幾天，一個好好的家，就被砸碎了、摔爛了，不可收拾了……

不可收拾，還是要收拾。金樹的家人，無助又無奈地張羅起喪事。村民們能避則避、能閃就閃，大家努力假裝甚麼事都沒發生。五十年才舉辦一次大建醮，此時此刻，討好神、安撫鬼，確實比安置人重要，何況是安置一個凶死的女人……

第三天一早，梨園寮停戒開葷，家家戶戶在門口備起香案、五牲。大人小孩執香跪拜，感謝天公的降福賜恩。

正午，廟埕口，村民捐獻來的木柴及金紙，早已排整成十多公尺長的「火龍」。道士們點燃一把把的香束作為火引子，引燃金紙，再延燒到木柴，從火龍的鼻頭開始爆裂燃燒，熊熊騰騰，蔓燒到脊椎、尾巴尖去。一整隻大火龍，好像真的活了起來，邊咆嘯、邊滾動。

每根木柴都霹霹爆爆狠狠地燒，燒成紅敥敥的火炭。過火時辰到了，鼓聲咚咚催打，一通急過一通。道長喃喃唸著咒、勒起符，摔手揚灑出一大把一大把象徵「雷電火石」的粗鹽，厚沉沉蓋在通紅的炭火上。粗鹽吸收高熱，一瞬間就熔化、汽化，騰騰白煙衝天漫地冒起。熱力帶動氣流，滾滾旋盪，捲飛起黑雨般的紙灰炭屑，一陣接著一陣，撲灑向人、也撲灑向鬼神……

一早就急著沐浴淨身過的男人，臉被炭火烘得通紅，精赤著胳膊、汗珠在前胸後背泛濫成水渠；大紅頭巾在額頭綁個花結，花結隨著頭顱，頭顱隨著鼓聲，一顫又一顫。咧嘴哼哼又嘻嘻。半個世紀才能栽頭栽身一次的宗教狂熱，讓他們的眼神急急切切、恍恍惚惚，聚不上任何焦點。

掌醮的總道長，大喝一聲，高舉黑令旗，轟轟隆隆奔過那條火龍。火路一開完，幾個神靈附身的乩童，立刻更賣力地掄舞起鐵刺球、狼牙棒。每一球、每一棒，甩過肩頭往肉背「啪！叭！」捶打，血珠淋漓飛濺。一個個緊追在黑令旗後面，大呼大叫，也踩踏過火龍。

信眾張大嘴，「呵呵！呼呼！」吞吐著恐懼與信念。最後，還是抬起鑾轎、抱起神像，赤著腳丫，一個個呼嘯衝過……

火龍四周，鞭炮沒天沒地的炸。炸著、飆著，沉醉著天神、地祇與俗人共歡的癡狂……至於陰間的鬼魂呢？此刻要趕緊走開！時辰已過，醮典已完，不管有沒有吃飽喝足，梨園寮已不願挽留，也留不了祂們了。再不走！天界的神將武兵，就要來斬妖殺鬼了……

漫天爆裂的硝煙炮屑中，那朵早凋的春花，曾經燦爛盛開的鮮麗花蕊，一刻都不能留，靜悄悄地入殮，匆匆草草埋入泥土中。沒有道士牽魂、沒有嗩吶開路、沒有孝男捧香斗……只因老一輩說：凶死的屍身，進得了家門，已是不祥的破例，要越快處理掉越好。何況，又是在五十年才一次的建醮期間……

賠

五十年前的硝煙炮屑，逐漸消散，散落到老老少少的記憶深底去。

五十年後，梨園寮觀音廟的牆角，還是堆放好幾堆木柴，劈得粗粗短短的，整整齊齊搭疊著。仔細看，小半截的木頭，橫切面依然留有劈斷的、破碎的年輪……

「醮祭一煞尾，還是要『過火』？一家還是要獻三擔木柴給觀音媽，跟五十年前同款樣？」該面對的，還是逃不掉，一臉風霜的良山，低聲問起，似乎已不起太大的波瀾。

「是的！」耕土回答著，心卻納悶：「我不願講起，伊自己為啥偏偏要提起？」怎能不提？不提，止得住一波一波，滔滔湧盪的回憶麼？

「你阿爸啥時候過身的？」良山又問。

「走二十多年了！你還記得伊呀？」

「伊去鐵籠仔內看過我！」良山當然忘不掉。五十年，多少悲歡鏽蝕了、鈍掉了！多少記憶飄遠了、迷失了！可是，那樣的傷與痛，怎麼可能忘得掉……

半大不小的良山，不知輕重的青春痘，還在臉上傻傻掙冒著。他雙手被反銬在梅仔坑派出所的牆角，垂低了頭，也垂低了一生。警察連夜錄製口供，他沒有一絲隱瞞，也沒有任何活下去的念頭。

只是，警員看管得太緊，阿爸磨好的柴刀也被搜走了，他很難再找到賠她及陪她的機會。

接下來，所有的事他都恍恍惚惚，怎麼被送到看護所？怎麼進少年法庭？判決感化教育幾年？良山都不清不楚，也都不在意。他在意的只是：她一個人走，黃泉路上、枉死城中，會不會太孤單？或者，說不定她真的會等他。但是，一縷孤魂，飄蕩在荒山野地苦苦等候，會不會被野鬼、魔神們欺負？

日日夜夜，良山揪著腸、懸著心；但也鐵了心、硬了腸：走！只要找到機會，一定跟她走。現在不行，總有一天，一定有那麼一天，沒有人絆得住、擋得了他離去的腳步。

探監會客的日子，良山的室友們一陣陣騷動。被叫名的，眼睛發亮走出去；過一會兒，擦著淚水哭回來。他們都大不大、小不小，大到做出小孩子做不了的歹事；小到承擔不起大人們該負起的刑責……

歌仔戲裡、布袋戲中，玉皇大帝身邊，也常常有半大不小的孩子，孩子打破了玉瓶、偷吃了蟠桃、或者對身邊的異性動了一點私念，也會受到嚴厲的懲罰。但是，被打落凡間，經歷幾番劫難後，又可歸返天庭，照樣討得回純真、修得成正果。人間的孩子呢？追得回、討得到失去或擁有的嗎？

良山從來不要、也從不奢望有人來。但是，那位又黑又乾又瘦的老人，卻常來。常常來——從夢中來。

一兩個月後，他被帶到會客室。夢境沒有成真，不是自己黑、乾、瘦的老父，是耕土的阿爸，梅仔坑的鄉長——劉旺長。

劉旺長惶惶恐恐又小心翼翼，執行著最艱鉅的鄉務。少年感化院的院長千叮嚀、萬交代，要他有些事一定要重重地講，有些事卻只能輕輕地提。因為，良山在監獄，已經自殺未遂過好幾次。

甚麼是輕？甚麼是重？輕重的拿捏和表達，可難倒了這位大剌剌的直腸子。要拐彎、要抹角，要重事輕說、輕事重說……直腸子只能支支吾吾、吞吞吐吐，搞不清楚要怎麼說才說得好、說得了？

要怎麼說？那樣的事，真的！任誰也很難說！

過完火後，梨園寮的宗教狂熱很快消退，男人們乖乖回到田裡除草；女人們背起小孩，端著竹籃去溪邊洗衣。日子又照著三百年來的步調循環著。只是，建醮期間刻意淡化的凶殺案件，卻被健談的村民提出來掛在嘴邊。他們比手又畫腳、繪聲又繪影，甚至捏造出許多細節，好似每個人都站在現場，兩隻眼、一雙耳，緊緊盯著瞧、豎著聽一般。糟糕的是：這次過火，有七八個人燙傷腳，是大大的不祥。偏偏這些人中，有幾個是幫忙抓良山或見過春花屍身的。

道長不停搖頭嘆息，撚著他的山羊鬍，喃喃地說：「庄裡頭凶氣太旺、凶氣太旺了……」好久沒見到水源和金樹出門了。村民們心知肚明，既安慰不了就不要去打擾。百多年來，沒聽過梅仔坑發生過這種事。所以，他們不知道要怎麼辦？

中秋節前一晚，幾個愛閒磕牙的人，在劉旺長家裡泡烏龍茶。小小的陶壺、磁杯，泡出許多眼見或耳聞的繁華與悲涼。十點多散場了，鄉長送客到庭院。一轉身，一個身影，就站在竹籬笆外。

「水源兄！入來坐，入來坐，毋通站在外邊！」月光透亮，照得老人的身子更黑、更乾，瘦削得不成樣了。

「我不清氣，入門去會帶衰你全家，站在這裡講就好！」他堅持不動。劉鄉長也就不勉強了。

水源凹陷的眼眶裡，閃著一對熒熒的火苗。這麼多天來，他好像了悟一些事，或找到某些出口。總之，他看起來平平穩穩，不傷悲，也不激動：

「我不愛去少年監獄，央求鄉長您替我走一趟。向良山講清楚：祖公、祖嬤要有人拜。伊欠的債，我會替他賠，會賠得清清楚楚！」

「沒問題，我本來就想找時間去看良山了。伊少年囝仔，能欠人多少錢？您老大人免操煩。毋要緊，我一定先替伊還。」劉旺長年紀才四十出頭，能選上鄉長，除了財力，還有一股令人折服的豪氣。只是，粗線條的他，遠遠站在狀況之外。

「後生債、老爸還。我賠，良山就毋需要賠了……伊就免去滾刀山、炸油鼎了……」水源最後幾句話，低到只說給自己聽。月光照著他歪扭的身影，沒告辭、沒回頭，自顧自走了。

他真的自顧自走了。第二天，鄰居發現時，他已懸吊在灰瓦屋的樑下，斷氣好久了。

劉旺長氣憤自己少了一根筋，自責到搥胸頓足。但是，他也懷疑，縱然聽懂了那些話中話，他就能改變水源的決定麼？

太慢了，一切都已發生，他只能盡全力辦後事。甚至，捐獻出自己的寶貝兒子——耕土，為水源捧香斗、端神主牌。鄉民們同情水源，也認定冤仇血債已還清，紛紛來送葬及致哀；

就連金樹也站在家門口，哀哀地痛哭一場。

但是，庄頭三百多年來的習俗，還是不能改的。否則，煞氣會死纏著梨園寮不放。因此，白天送葬完，夜裡子時一到，全村的長老及壯漢，立刻請出玄天上帝、三太子爺來「送肉粽」。急匆匆送走、燒燬一切死亡的工具和「捉交替」的恐懼。

會客室的良山，一張臉褪色到比紙還白，直愣愣看著劉鄉長一開一合的嘴唇，嚼檳榔的嘴唇。著葉、藤花混著石灰的血紅汁液，沁刻成一條條、一線線縱橫交錯的溝痕，有著刀切斧劈的深峻。兩片厚唇肉，上下相疊著，真是好忙碌！一下子嘟圓，一下子扁平，有時提拉起來往上揚、有時悶憋著向下垂。發出來的聲音，是寒水潭的浪波，一會兒高、一會兒低，一陣子強、一陣子弱，一卷又一卷翻盪過來、一股又一股洄流回去，全被空氣吸走了、蓋掉了……

白牆上貼著標語，斗大的黑字：「洗心革面」、「改過向善」、「過去種種譬如昨日死，未來種種譬如今日生」。良山癡癡望著、想著，死去的不是昨日、不是過去，是阿爸、是春花……

已經沒有未來了，未來——全都沒有了。

星光

走過熱熱鬧鬧的廟埕、走過不堪的從前，經歷六十六年風霜的兩個老人，都有些疲累了。

但是，該尋找的還是要努力尋找。村後有條荒徑通往墳仔埔，除了出殯及清明，這裡是大人們禁忌的處所。其實，荒山也並不怎麼荒涼，有著蔥蔥鬱鬱的相思樹；有竄出草叢，探頭探腦的竹雞仔……

「你有幾個後生？」耕土一邊撥開比人還高的雜草，一邊打破沉默。

「我沒娶，無後生。」良山低聲答著。

其實，他羞於說清楚。悠悠漫漫的五十年過去了，他真的只有那麼一次，唯一的一次。那次以後，活火山熄了、徹底死了，再也沒有一絲一息的能量……他不願碰，也碰不了任何女人了。

「我和阿爸住的老厝還在否？它——有倒去無？」良山怯怯問起，心窩翻騰澎湃的是牽掛與愧疚。

「全倒倒去了！無人住的厝，白蟻一定來做巢坶，蛀蟲也會圍過來吃。一兩年後，就坍倒平平了！」耕土費了勁，蹲彎膝蓋，細細讀起一塊塊頹倒的墓碑。草叢中一大堆「顯考」、「顯妣」的，就是看不到要找的。他長長抒嘆了一口大氣。

良山卻定住了，無聲也無動。頭上的豔陽仍熾烈，他的身形卻慢慢消黯，帶著心，融入無邊的空茫……好久好久！才聽到他又低聲問起：「金樹叔呢？還住在梨園寮嗎？」

「嗯！伊很勇健，七十三四了吧，還在種茶、割筍。」

「有幾個孫子？」良山不敢問有無再娶？拐了一個小小的彎。

「喔！有一兩大把，好像也做阿祖了。」

良山更沉默了，心底有些微的欣喜。不過，欣喜中夾一點辛酸、摻一些苦澀、抽幾回陣痛——好像小孩跑進廚房撒野，把所有的調味料往鍋裡一陣亂灑。

天頂赤日炎炎，他抬頭望著，幽幽苦笑：「是我害慘了伊。好佳在！天公伯還是有開眼的！天公伯還是有開眼的！」

良山那一抹苦笑，看在耕土眼裡，比大嚎大哭還慘傷。他找不出任何話來撫慰老友。依稀記得，建醮後的一兩年，白天，走在路上的金樹叔，總是有點恍神，即使大聲喊他，他也常不聞不睬。夜裡，他家的燈也是全村最早熄滅的。

偌大的墳仔埔——兩三百年來，梨園寮村民最後的家。然而，家家搶風水、戶戶爭財路，陽間貪婪的企望，害苦了想安眠的先人。墳丘疊過來、橫過去，無法無度的錯雜，不只像亂葬崗，更像吵鬧的菜市場。

五十年前的記憶，有的是不請自來，苦苦纏繞；有的是精疲力盡地尋找，也是無聲無息、茫茫渺渺。

太陽快落入西邊的山頭了，滿山遍野的雜草與殘碑，也讓兩個空腹的老人累壞了。急喳喳的雀鳥：白頭翁、紅嘴烏秋、長尾山娘、黑嘴鵯仔，一隻隻、一陣陣，像古戰場射出的箭，咻！咻！咻！投向枝頭，尋找一夜的棲身與安寧。

夜快來了，腳步急得很，墳仔埔可不是活人可以過夜的地方！

人生的路，不能走回頭。回得了身，也只是崩崩塌塌的場景和記憶，一切都不成樣了。好在，人間的路，尚可回頭。即使是青苔蔓草的荒徑，只要轉過身，就可通向燈光與飯菜。

「明天起開始建醮拜祭，你是『安醮局』的委員，一定要做一大堆事頃，我一個人再來找就好。」良山感激老友，也體貼老友。

「無要緊啦！我還是陪你來，兩個人找比較快一點。」耕土輕鬆回答著。他不忍心說明白，來墳仔埔一趟，已沾上不潔的穢氣，醮典的所有實務，他就不能碰了。

回庄頭的路很遠，一個蹣跚、一個顛頓，夕陽把兩個身影拉得歪扭又細長……

「墳仔埔這麼大，真是不好找！」耕土還是沒話找話說。其實他真正想問的是：「不一定找得到，假使運氣好找到了，以後呢？你打算要怎樣？」

「若找到了，除除草，墳土壓上幾疊金紙，再燒香請我阿爸的魂住進神主牌。」良山回答著，好像聽得到耕土內心的疑問。

「要請回去太麻里拜嗎？」耕土小心地試探。

「不了。我沒成家、無後生。一斷氣，就絕了後嗣，阿爸及祖先也是沒人拜！」良山停下腳步，暮色圍攏過來，整個身影被吞進山坳樹叢，一張臉擠壓得更小更模糊了。

「轉回來之前，我把太麻里的簳仔店頂賣給人了，收了一些錢。我記得梅仔坑通往望風嶺的半山腰，有個竹林禪寺，等引了阿爸的魂，就把阿爸、阿母、祖公、祖嬤，都寫入同一個神主牌，花點錢，供奉到寺內去。過年過節，也可分享到一點信眾多餘的香火！」良山又拐著腳向前行，一步步走向蒼茫與幽暗。

「按這樣做，不妥當吧？」耕土聽了，心也被掐得要流血。

「我雙手沾滿血、一身都是罪孽，沒資格拿香拜我林氏的祖先！」良山的話很堅定。向晚的暮色，隱去最後的幽光，已看不清楚他的表情。

「遇著你尚好，我省麻煩……再讓我拜託一次！」良山一字一句慢慢說著，像是處理別人的事：「剩下的錢，就先寄放在你那裡。事後，替我捐給梨園寮的小學，按怎樣用都可以，免去過問！千萬別用我的名，我配不起。」

「事後？啥事以後？」耕土急急追著問。

山上，向晚的風一向強勁，轟轟呼呼，搧過兩人的耳邊。良山沒回答，顛顛頓頓行向前去。他可能是沒聽到，也可能是故意聽不到……

這哪像閒聊？倒像交代遺言了。耕土悚然心驚，大聲說：「已、已經也五、五十冬了；你、你阿爸也，死、也死了！」他做生意，卻一點都不像商人，一急就結巴，連「已替你去死了」幾個字，也差點衝出口。

他真的急了，急到嘴角顫動：五十年前，阿爸聽不懂水源伯的話。現在，他可不能再粗線條了。眼前這個孤獨的人，被過去鞭打、現在蹂躪的可憐人，是他兒時的同窗。他緊緊拉住過伊的手，兩個身子靠著、抖著，伏藏在草叢中、大樹後，偷看人、鬼、妖、神大戰的「送肉粽」。只是，天公伯開了大玩笑，伊的阿爸竟也被「送肉粽」！他代替伊捧香斗、幹大架。伊瘸了腿、也瘸掉了一生……眼前的老友，慘傷絕望的同窗，誰知道伊會做出甚麼事？不行！不能像阿爸一樣後悔，要看著伊、防著伊！

但是，怎麼看？怎麼防？耕土瓬巴瓬巴鬆垮垮的眼皮，擠不出一滴淚油。乾枯的感覺，從目眶酸澀到胸口。路好長，兩個老人都好疲累，走過一甲子多的坎坷了，為何路還是這麼不平不順？

觀音廟到了，準備妥當的醮場，一堆堆吃完晚飯，閒聚在大榕樹下聊天的人們。廟埕正中央，紅、白大燈籠高高掛著，宗教的狂熱就快要掀騰起來了，跟五十年前的一定沒兩樣。

晚風一陣追趕著一陣，聳在天頂的燈篙晃晃又搖搖，帶動整串整掛的金紙，噗嚐噗嚐拍打著篙架。廟埕四周插滿令旗，翻飛揚飄的紅布與白幡，向黑暗處殷勤舞著、招著。陰界的鬼神，不知有沒有提前趕來的？

耕土內心一動，換他停下腳步：「你從來沒夢見過春花姨？」

良山搖搖頭：「伊恨我入骨，連死後也不肯來見我！」廟前懸照的電火球，刺射他皺紋的深溝，汗水及無奈溶溶浸流著。

耕土眉毛一豎，用他自己都陌生的語調：「你還講！你將伊擲置山坑崁尾，沒轉回去找伊。伊是半路凶死的查某，才二十二歲，哪知要按怎去找你？可憐伊無兒無女；金樹叔也再娶了，生子又傳孫。伊沒被立神主牌，無依無靠，一直無法進入宗祠，你知否？」

這一棒有如平地爆起的焦雷，打得良山眼冒金星。他瞪大老眼，全身抖顫，發不出任何聲音。

耕土低下頭，眼睛不敢直視老同窗，一顆心亂竄亂跳。沿著他低垂的視線，只要再向前幾十步，就是觀音廟的階梯。一級一級踏上去，會走進金碧輝煌的正殿。正殿最燦爛的中央，高高端坐著一位神界的母親。以女相撫慰眾生疾苦的天上阿母，守護梨園寮兩百五十年了，對犯錯的人間子女，偶爾有懲戒，但一向是寬容的……

小時候，過年過節，他和良山在這裡跟著大人跪拜。放學後，鑽進神桌下擲骰子、耍紙牌；趁廟公不注意時，還伸手偷拿桌頂的水果、餅乾來吃……神界的阿母比家裡的好，慈眉善目地瞧著孩子們胡搞，嘴角還微微上揚，露著淺淺的微笑……

耕土抬起眼，心定了，不亂撞了。壓低聲音，是隱隱又穩穩的耳語：「最近，天色一暗落來，寒水潭就沒人敢去。全梅仔坑鄉都在傳說，傳說有一個穿花布衫的查某人，蹲在大石磐上，哭得足傷心呢！」

「是伊，一定是伊！伊在等我，我答應要賠伊又陪伊的！」良山啞了嗓，抓住耕土手臂，指甲掐陷進肉裡。臉又是青損損、白蒼蒼了。

耕土瞇細了眼皮，再度閃避老友痛苦又發亮的眼睛：

「一命賠一命，你阿爸已經替你去死了，你無需要再賠命了。」說開了，反而鬆了一口氣。心一橫，他更狠狠地說：

「你若去死，兩命賠一命，會害得春花姨打落十八層地獄，永世不能超生！」

良山傻住了，生命最後的力量，不能用來結束自己。五十年來，生不生、死不死的日子，還要延續多久？凌遲多久？他一雙眼珠，才剛剛點起火苗，但沒有後繼的燃料，小小撮的火，一陣陣閃跳顫動後，就快要熄滅了。

耕土又焦急了，怎麼這一位躲在大後山種金針、賣雜什的老友，比日本奸巧的商人還難搞定？他又快要結巴了。抬起頭，眼巴巴朝正殿望去：神界的阿母呀！請幫幫忙……

耕土吞嚥幾口唾液，潤了潤緊澀的喉頭，一字一字說了：「五十冬來，春花姨都無人拜！」擠出來的聲音，還是顫顫搖搖，胸腔裡又有突突冒冒的騷亂。但是，要按落下去、一定要壓平下去……水源伯——庄頭內憨直的阿伯，曾摸撫著他跌破的額角，懇切地說：「阿土呀！我那個戇囝良山，跛腳又孤僻，多謝你為伊出力。」——再怎樣，他捧過香斗、神主牌，是阿伯的假孝男……那位阿伯——黑、乾、瘦，拖磨一世人的阿伯，可能在頭頂上看著哪！

牙一咬，他刻意再拉高一些音調：「你心肝內，只記著你阿爸、你祖公祖嬤，攏放未記得春花姨。伊為你慘死！也無人祭墓、無人拿香拜！……」

「我無忘記、我無忘記！」良山無聲辯解著，額頭猛爆出汗珠，習慣性緊閉起皺垂垂的眼瞼，又是他熟悉的感覺……魘魘來時的感覺：天往下壓、地向上擠，擠壓得昏沉沉又醒洌洌……

但是，畢竟有些不一樣，不一樣了——沒有麻繩、沒有灰瓦屋、沒有蟲蛀的橫樑……

……只有耕土的臉，五十多年前沒皺沒瘢的臉——替他背著鹹草書袋，放學後，一路嬉哈哈的臉。門牙蛀了一小角，黑黑的，洞越蛀越大……嬉哈哈的臉，蹬跳著兩隻健康的腳，一路踢著碎石子。滑嫩的臉，沒有滄桑的臉。瞳仁中，那影子推遠——拉近——依舊是蒜頭鼻、面肉烏烏的……拉近——推遠——是鬆皺皺、瘢瘢點點的臉……額頭有個疤，是替跛腳的他幹架：高年級的阿雄，揪抓起耕土的卡其色制服，一把就推倒在廟前石階。額頭撞下去……轉過面，鮮血冒出來，從他烏烏寬寬的額角……不！從春花細細白白的鼻尖、擦著胭脂豐潤潤的嘴唇……一次就好，只要有那麼一次，下地獄也甘心……不敢要的，再怎樣都不敢的，怎會變成這樣……怎會這樣……山坑崁尾有長溜溜的龜殼花、齜牙咧嘴的臭鼠狼，我不會丟下妳不管……妳也不要一個人走，要等我、千萬要等等我……

一股力道伸過來，慢慢挺著他、推著他。手勁不強，卻是安安又妥妥……，推呀推！推他到廟旁較不見燈光的牆角。

良山悠悠回過神來，映入眼簾的是耕土緊緊張張的老臉，東瞧瞧、西望望的，一心一意築起防護的圍牆，攔截掉好奇的閒雜人。

水氣在良山眼窪深處輕輕蒸冒，慢慢蓄滿了，漫溢出來，一溢流出來，就止不住、擋不了了……

耕土拉著他坐下，讓他坐在神界阿母的腳下，哀哀流淚。摀遮著臉，沒聲沒息地狂流。

五十年來，流不出的眼淚；現在，止都止不住……

「春花姨……伊葬……葬在啥所在？」淚水流過也浸洗了苦慟，五十年漫漫的慘傷，良山努力追尋最後的救贖……

「也同款是在梨園寮的墳仔埔！」

「明天，我再去嘉義市辦一個神主牌。不管找有找無，都會把伊和我阿爸，請回太麻里去奉祀！」

「你把簳仔店賣掉了，倒轉回去，要怎樣過活？」

「像我這款命硬的人，怎會活不落去？錢還是替我捐出去吧！別操煩。」

「好！好！後日、大後日……我攏總是閒閒的，也陪你好好去找墓。」

「耕土！勞累你了，你免每日來陪我。有閒時，來一兩回就好！」

「打算要找多久？」炎炎赤日又荒山野地的，對老人是無情的酷刑。耕土將身比身，又有了新的擔憂。

「我也不知……總是要我的……再怎樣艱苦，也是要找到的……」良山拍了拍老友的肩膀，掌心竟也使出粗做人的力道了。

「伊生是別人的人；死是我的鬼。我的鬼！……喔！不！是我的神，我永遠的神……」

良山心底唸著，一遍又一遍，輕輕唸著。

夜空，梨園寮天頂的黑布幔，對著大地密匝匝覆蓋下來。這一覆蓋，就緊緊包住梅仔坑了。黑布是活的、長很多腳的，向四方四界衝跑散去，衝透巍巍綿綿的中央山脈，跑進金針園、跑進太麻里大街，跑進無邊無際的太平洋……

月娘遲遲還不肯出來，或許今夜是出不來了。觀音廟前的燈光，再怎麼強也照不透天頂。但是，還好，零零點點的天星，綴掛在黑布幔上，一閃一燿、一燿一閃……會再被飄來的烏雲遮去嗎？耕土不知道、誰都不知道……

但是，只要黑暗的天頂，有幾點星光就好了！

真的！

管它會亮多久？遮多久？……

老張們

姓張

他們一夥人，多時二十來個，少時六七個。姓王、姓劉、姓江、趙、何、查、康……百家姓中出現的，他們頭上都頂了一個，有同也有不同。

他們來自天南地北：松花冰江、蘇杭暖鎮、天山老寨、甘陝窯洞、大陳孤島、北京胡同……隨身帶來的很少，少到只有死不改口的鄉音，以及大同小異的亂世滄桑。

為了張太爺，他們拍拍胸脯，吼起粗嗓對人喊：「咱們呀！個個都姓張，打不死、敲不碎、搥不爛的張；頂天立地，任誰都扳不倒的張！」

所以，張總把、張二爺、張三哥、四弟、老五、尾六兒、小七……不一定按照年齡、也沒啥原則。

那樣子的年代，原則是沒用的枷鎖、無聊的笑話。所謂的年齡，也只能依個頭大小、皺紋多寡去猜謎。身分證上的出生年月，只用來應付戶政機關，鬼都不信，何況是人。甚至問起本尊，他都會從鼻子「嗤！」一聲，狠狠地噴一大口濁氣。

一大串跳得蹦蹦響的排行，夾帶著嘔啞吵雜的各省鄉音，也夾帶著大山、大水、大家族的回憶及幻影，火火虎虎地壯起聲勢。在舉目所見，無非「異類」的海島；尤其是閩南人先佔地就先贏的「梅仔坑」，這種聲勢，確實給了他們大口呼吸、大聲摺話的力氣。

為何全姓起張？那是好久好久以前的事囉！他們從天涯海角，被槍彈炮火追著跑、趕著逃、喘著氣、青著臉，倉倉皇皇，閃過生死一瞬間，跑過千山和萬水，跑到了天與海的盡頭。

至於怎麼強渡黑水溝的？當然是擠上船或搭飛機來的。但有的是跟部隊、有的是隨難民潮。不管是從軍、抓伕或逃亡來的，唯一肯定的是：沒有人是心甘情願來的。

他們一路不停地丟：從剛開始的被迫丟爹、丟娘、丟妻、丟子，到後來連胸中的夢、心口的恨，也慢慢不再提起了。還好，天可憐見！只要一條命沒丟，再怎麼樣的日子，都可以過得下去。

張太爺他老人家命好！是被兒子背過來的。論起他家呀！所有的「老張們」，精神立刻抖擻，用強八度的高調說：

「咱家在山東可是呼得起風、喚得來雨，響噹噹的大家族。聽說咱太爺的祖父，是前朝的進士。咱家有過一望無際的莊稼，遮天蔽日的野蝗子飛來時，佃農們捨下自己的田，敲銅鑼、打鍋蓋，張著網去救主子的糧作，大呼大號：『去！去！救主人家去，救得了他們，餓不著咱們！』……」

但是，漫天蓋地的紅潮一起，逐漸漫淹到青島時，人心就徹底變了。張家的錢財家當，被搶搬得空空蕩蕩，太爺不得不攜家帶眷逃亡了。只是，花了不少買路錢，最後上得了船的，竟只剩父子倆。

輾轉流離好一大段日子，才到梅仔坑來落腳。慷慨大器的太爺，還叫兒子變賣掉最後的幾兩黃金，救活好幾個身染肺癆、病得七葷八素的「老鄉」。

太爺七十多了，重棗色的大臉，一腮幫子的銀白鬍鬚，是《三國演義》裡關公老去時的相貌。他瞇著眼、撫著長鬚，一字一嘆息：

「俺們流落到這孤伶伶的海島，都是天不疼、地不愛的苦命人。管他是從哪個大省、哪個野鄉來的，只要喝過五湖三江流動的奶水、吞過大黃土地生長的米麥，就是俺土親人親的老鄉。」

所以，太爺的家，是老鄉們茫茫人海的浮木。人人喊他靠五十歲的兒子叫「總把子」——總把著一大群離根遊子的活命生計。

總把子念過不少書，寫一手漂亮的毛筆字及八行書。民國三十九年「地方自治」一開始，人們開始圈投選票了。外省人在中央或許可以作威作福，在小鄉鎮卻是無依又無靠。但是，受日式教育，不太會說「國語」，甚至連方塊字都不太識得的鄉長，身邊可絕對少不了一個知書、善寫又能講的主任祕書。這職位就非總把子莫屬了。

當上鄉公所的主任祕書，好處可多多。首先是油、鹽、米、麵粉由公家配給；其次是有一間還算過得去的宿舍。老鄉們逃累了或退伍了，黑著一張鬍渣臉，踩著露腳趾的髒布鞋，扛了臉盆、草席就投靠過來。

太爺笑呵呵，大手掌拍出一硬肩膀的承諾：「好！好！就先在俺家窩著，先蹲它三五個月，慢慢找活幹。別怕！餓不死小子你的。」他聲如洪鐘，是遠遠從青島祖上，跨海遺傳過來的豪情與義氣。

他們蹲張家宅子期間，總把子可忙著哪！忙著按照老鄉們五花八門的條件，替他們找活幹去。

於是，年紀長一點，識得不少字、身子骨卻不強的，讓他當鄉公所的工友去；二爺就是一個。大字不識幾個，兩手倒是猴樣的靈巧，一天到晚鎚鎚鋸鋸，修水管、釘桌椅的三哥，就讓他當小學的校工去。四弟、老五、尾六兒，是百分之一萬的大老粗，開口閉口，不是「他娘的呆雞」，就是「媽咧個屄」，就讓他們去公路養護處的「道班」，開路、鋪橋兼耍嘴皮、鬥拳頭去。

唯一最不同的是小七，白白淨淨的，是主攻藝術的大學生。他摹寫出來的勁竹，根根身竿都挺得直也彎得韌。他點染出來的寒梅，無論全開、半謝或僅僅含著苞兒的，也都會從紙張內，飄透出清清雅雅的幽香。

太爺滿懷欣喜地督促兒子：「風中竹、雪地梅，可不都是亂世最後的希望？這天殺地剮的逃亡潮，把咱小七溢湧到梅仔坑來，一定是天意、一定是天意！我說小子你呀！即使是去縣長、鄉長家裡下跪磕頭，也不能辱沒了俺家小七這粒讀書種子。」

這下子，總把子可費勁了。用掉九牛二虎、外加兩頭象的力氣，才把太爺最器重的「讀書種子」送進中學教書去。

暫時蹲著的家、暫時倚靠的人，未必拴得住這一匹匹亂世倉皇的野馬，為何他們都心甘情願姓起張來了？

說起那件事，就不是一個慘字能了的！

張太爺賣光金子救活了幾個老鄉；總把子奔走磕頭，安頓好二爺到小七。奪命催魂的流行性痢疾，卻在這節骨眼找上了這對爺兒倆。

物資及醫藥都極端缺乏的亂世，總把子將自己分配到的藥，偷偷存下來給老爹爹吃。一個月後，太爺可以下床撐起枴杖走動了；他卻拉肚子拉成皮包骨，兩個眼窩像黑窟窿，直陷到後腦勺去。

最後的那一天，總把子早已說不出話來。雞爪似的手指，緊緊抓掐二爺的手，瞪著黑嚕嚕的大眼，用最後的力氣，硬是撐抬起脖子，一下又一下，磕頓在枕頭上。

二爺、三哥、四弟、老五、尾六、小七……全跪了下去。

二爺淚流滿面，哽著嗓子大喊：「天在上、地在下，過往神靈一起聽著：從今起，咱們兄弟都改姓張，太爺就是生咱養咱的親父。回得去，拚死拚活也背回青島去；回不去，侍奉到千秋萬歲，披麻帶孝、三跪九叩，送往西天去。」

就這樣，老鄉們就全變成老張了。戶口名簿改不了的，他們一念之間，就改得清清楚楚、堅堅定定。

太爺是何等的人物？老天讓他趕在清末的烽火中投胎，既逃得了洋人、軍閥的硝煙炮火，就閃得過日本鬼子的槍林彈雨，也挨得住離鄉背井、家破人亡的惶恐與傷悲。

所以，喪子之慟，只讓他老人家不言不語、不吃不睡好幾天，卻連一滴淚都沒在人跟前掉落。

一大票老張跪趴在地，由二爺帶著頭懇求。小七捧著粥，一匙一匙送到太爺嘴邊。老人家接吃了幾口，忽地端過碗來，咕嚕咕嚕，直著喉嚨灌下，再舉起青花磁碗，往地上用力一摜，哐啷一聲，摔得個粉身碎骨。他怒瞪血紅的雙眼，鬢髮、鬍鬚像鐵線般刺匝匝豎撐起來，撕裂大嗓，天搖地動吼著：

「聽著，給俺聽著！不哭了，任誰都不許再哭了！」

幾天後，太爺又拄起拐棍，巡視起梅仔坑的大巷小弄，笑瞇瞇操著生澀的臺灣話，一邊跟何大叔聊天，一邊逗弄起李大姆抱在手上的小孫囡了。

除夕

亂離的歲月，對無爹失娘及喪子的一群人，過得既是飛快、又是忒慢。慢得像老牛拉車爬山路，急不得、催不了；快得像失速鐵馬衝下坡，煞不停也擋不住。

顛顛頓頓的日子，竟把太爺也拱上八十大壽了。

生日那天，鄉長大人送來了「天鷟耆英」的匾額，既恭賀太爺也追念昔日部屬。當然，選舉也快到了，太爺是全鄉最高壽的外省人，可千萬怠慢不得！

除夕當夜，圍爐三大桌，每桌十二道大剌剌、滿溢溢的年菜——來自不同手路、不同色香的家鄉味兒。

太爺請出「家堂」——「張氏歷代宗親之神位」，帶領眾人行三跪九叩之禮。磕完頭，老張們再轉身側向，遙祭起自己本姓的祖考、祖妣。

接下來，一個個跪到太爺膝前叩首拜年。年復一年，太爺都會給兒子們壓歲錢。紙鈔沒幾張，拿在手上卻熱得火燙，一路從手掌心燙到胳臂，再熱到兩窪眼窩去。

大過年的，可不能讓淚掉下來呀！所以，一群大老粗就瞎起鬨，歪纏著太爺撒潑兼耍賴。挨近身子、涎著嘴臉，怪錢給得太少，壓不住吃人的年獸，手指一伸就偷偷摸摸去掏老人的口袋。

太爺大喝一聲，迴身猛轉，強瞪丹鳳眼、怒吹關公鬍，一手摀住棉襖口袋、一手舞起青龍偃月刀，喔！不，硬木拐杖頭，橫掃他千軍萬馬，打他個落花流水：

「曹操老奸、孫權小賊，還我荊州、還我青島……看！往哪裡逃？」

酒燒紅了每一個人的臉，白煙隨著呵呵大笑的嘴噴著。歡樂是要營造的，大夥來了狠勁，老太爺也努力湊著興。老張們在心底唸著：「說甚麼新年舊歲？還不是昨日今朝！」沒爹、沒娘，無所謂！無妻、無子，也不要緊！此時此刻，有老太爺就好。老太爺在哪兒，家就在那兒！

爺兒們喝到大醉，一醉就待不住屋子。於是，小七攙扶著太爺，其他的勾著肩、搭著背，踩踏著歪七扭八的步伐，跌跌撞撞，逛起梅仔坑大街。

除舊的鞭炮霹靂啪啦炸著，這家都還沒炸完，那家就拚陣鬥勢地炸起來，整條街炸得烽烽火火。

梅東村的村長喝得爛醉，出屋門蹲在水溝旁大吐，他兇惡的婆娘扠著腰，指著他鼻子大罵：「膨肚短命夭壽骨，喝到要去替人死呦！」大過年的，一點都不忌諱。

一群半大不小的潑皮，左手拿了壓歲錢，右腳就奔來廟口，大榕樹下圍起好幾個場子，「十八啦！鱉十！一色啦！」廝殺得臉紅脖子粗……

太爺海量，幾陣風就吹退了酒意，不需人攙扶了。他一路頷首拱手，向鄉親們答禮，那是踩在雲端的愜意與欣喜。走著走著，他突然回過頭，攤伸兩隻大手，仰天呵呵笑起：「小子們！想不到還有今日！無災無難，國泰民安哪！」一雙老眼，凜凜炯炯，千里走單騎的威風尚在，荊州沒丟失、赤兔馬不必奔麥城、痢疾沒逼死兒子……眼前呀！一個個都是孝友恭順的關平哪！

咻——咻——咻——一支支沖天炮、響地雷，飛射過頭頂，衝向無邊無際的夜空，砰——碰——殺——噴爆、灑落千片銀葉、萬朵金花。一樣的年、一樣的煙火，他鄉與故鄉，又何須分得清清楚楚？

尾六兒酒量忒差，吃不到半席，就自動窩去牆角，癱成一堆爛泥。大夥散完步，嬉鬧鬧地回家。門一推，就看到他蜷縮著身子，藏在飯桌底下，整張臉嚇得死白。一見太爺，爬出來就死命緊抱：

「聽！聽！子彈咻——咻——射來了；大礮瞄著就是炸——轟隆隆沒命沒由地炸。又開打了，一定又開打了！要逃到哪裡去？哪裡可以逃命去？……別再打俺親哥……俺哥炸爛了，血肉都噴上天，蒙蓋下來，灑得俺一頭一身……是俺親哥，俺唯一的親哥！……快逃，要背著太爺逃！再不，大礮就轟過來了！……」

飛來飛去的炮火，真的就在頭上、屋頂流竄著；響地雷一下子轟在近處、一下子爆在遠方……尾六兒心魂都嚇飛了，瞳神渙散，全身上下捉不住地抖。喉嚨擠出來的聲音，尖銳又淒厲，像山羌被捕獸夾箝住，哭出嬰孩般的哀嚎。褲襠連到腿肚，腿肚接到布鞋，淋淋漉漉，尿溼了一大片。

太爺緊摟著二十來歲的嬰孩，輕輕拍著他的背，溫厚的手掌撫去他一臉的汗水與淚水：「沒事、沒事！仗沒開打！俺的尾六兒醉了，只是喝醉了而已！不逃，咱們不逃！再也不必逃了……」

三哥、四弟上前來，架著尾六兒進房去。

那一夜，他們沒搓麻將守歲，但個個都失眠了。

迴光

又過了好幾個除夕，太爺堂堂邁入八十五了。

老人家似乎倦了、累了，再也不願出門去巡街察巷了。吃得少、睡得多，眼眸閃爍的晶光，慢慢黯淡下去。

日頭真的是暗了，即使還有最後的殘霞，也終將落入闃黑的深海。老張們眷戀著夕照，苦苦守候，深怕一眨眼、一閃神，就永遠看不到日影了。

偶爾，太爺從昏茫的暮色中掙扎醒來，拉住身邊任何一個老張的手，急切切地叮嚀：「回不去了，真的回不去了！死心吧！死了那條心，就定在這兒開枝散葉吧！」——這是他三四年來，天天掛在嘴邊的話。一句句像針，扎痛自己的心臟，去挑動兒子們未來的希望。

他仍是伏櫪的老驥，但千里之志，早被戰火與歲月燒成灰燼。浮木已朽爛，茫茫人海，風波險惡，兒子們頂得住嗎？會不會被巨浪捲走？會不會載沉載浮？甚至滅頂？他望著眼、揪著心，一眼眼企求、一聲聲叮囑，終於望來、揪來兒子們的承諾。

老張們用半生不熟的臺語對太爺說：「番薯不驚落土爛，只求枝葉代代傳。」

俚語用對了，只是有些走了音、岔了調……

太爺還是滿意了。病房窗外，夕陽的迴光正流連最後的返照……

小七俯低著頭，耳朵貼在老人嘴邊：「家？您說家？您老要回家？」可是，千里遠、萬里遙，聽來只讓人心碎！

太爺用僅剩的力氣搖搖頭，呼喘出幾口大氣，還是眼巴巴瞪著、瞧著。大家面面相覷，急得跺腳。一向不說話的三哥，靠過來，換他貼上耳去。

這下子，心細的小學校工，聽出端倪了。他喊：「酒！太爺講的是酒，他老人家想喝酒！」

老五立刻趴下床底，抱出他偷藏的孝心——一大只陶甕的老酒。蓋頂的紅棉布一掀開，五加皮、肉桂、當歸、人蔘混著高粱的偉烈，霎時盈得滿屋滿樑。

老四拿出玻璃吸管，輕輕吸起一小管，一滴滴慢慢點落。太爺抿著、咂著甘醇的烈香，眉心舒展了。一朵微笑，悄悄浮映在脣頰，慢慢綻放到額頭、鼻尖、下巴去……

山上山下，梅仔坑的冬梅全開了。刺骨的寒流中，千枝萬樹，一朵朵、一蕊蕊，開得潔白又燦爛……

家去

可是，太爺一走，支撐十多年的浮木沉了，老張們開始人海的泅泳。風狂浪高，有的載沉載浮、有的就徹底滅頂了……

別說戰火已停歇很久！再怎麼久，十年、二十年，甚至三、五十年，灼燙後的傷疤，依舊煎熬著千百度的高溫……

這一切要怪誰？誰肯讓他們責怪？

太爺走後，不到一個月，除夕又措手不及來了。老張們換到二爺的宿舍祭祖、圍爐。雖只剩一大桌的人，年菜照舊是滿溢溢、熱騰騰。臂上帶著重孝的他們，安安靜靜地吃元寶餃子、挾長年菜、喝五福發財湯。

氣氛太悶重了，老五抱來那甕沒喝完的老酒，吆喝著：「太爺在頭頂上，看咱兄弟團圓哪！咱們都來敬太爺，請他老人家乾杯。喝！不喝，是他媽的狗娘養的。來！一起乾杯！」

一鬧開，大家就卯起勁來喝。個個端起酒杯，先敬剛走的太爺，再敬早走的總把子，三敬遙遙遠遠，不知還在不在的親爹、親娘。

酒刀子一燒下喉，攪動滿腹的悲怨與憤怒，全化成口頭的咒罵和拳腳的踢打，場面有些失控了……

二爺下令：「全都給俺坐下！小七！唱段歌給天上的太爺聽。誰不認真陪著，太爺的枴杖頭，可會像焦雷一樣劈砍下來！」

大家安靜了。昔日白白淨淨的大學生，不改文藝腔，用高拔的男高音，唱起黃友棣作曲、許建吾填詞的名曲〈問鶯燕〉：

「楊柳絲絲綠，桃花點點紅。兩個黃鶯啼碧浪，一雙燕子逐東風。恨只恨，西湖景物，景物全空……」

都還沒問完鶯燕，老五就發飆：「媽咧個屄！文謅謅的狗屁樣，西湖早丟了，哪有楊柳？哪有桃花？」

老四也開罵：「問你的王八羔子蛋！鶯鶯燕燕住在克難街黑巷底的窯子，三十塊錢就可摟一下午！要不要？哥帶你扒光她們去！」

「矇瞎了你的狗眼，扒你的大頭鬼！大過年的，再騷再浪的蹄子們，也回家去了！」尾六兒跟著窮嚷。

不只是脣槍舌劍的廝殺，又摩起拳頭、動起腿開打了。雖是瞎鬧，也是厲害。

二爺趕緊使了個眼色。三哥會意，從牆上拿下懸吊的胡琴，咿咿——歪歪——調起絃。二爺往客廳正中一站，〈四郎探母〉裡的佘太君就現身了。

好多年來，這齣京戲被禁演又禁唱。太爺咬牙切齒地罵：「說甚麼怕老兵們想家？說甚麼四郎是叛降的窩囊廢？混帳政府！不要臉的直娘賊！連想家、看老母都不許嗎？」

所以，老張們常唱，唱給太爺聽，也唱給心中的親娘聽。

從前，總把子唱四郎，蒼涼的悲音一起：「我好比籠中鳥，有翅難展；我好比虎離山，受盡孤單；我好比南來燕，失群飛散；我好比淺水龍，困在沙灘……」所有的人都會靜下來，打著拍子，搖頭晃腦跟著哼。哼著唱著！就大口大嘴猛灌起老酒來。

痢疾帶走總把子，四郎就再也不回家了；只剩二爺扮演老慈母，唱著獨角戲。起先是一字一拖板的〈西皮導板〉：

「一見嬌兒——淚——滿——腮——！」

哀哀淒淒的哭腔，唱著割裂又重組的天倫夢。接著，是大江貫東，一洩千里，磅礡又悲愴的〈流水板〉：

「點點珠淚灑下來，沙灘會一場敗，只殺得楊家好不悲哀：兒大哥長槍來刺壞、兒二哥短劍下他就命赴陰臺、三哥馬踏屍骨如泥塊、我的兒你失落番邦一十五載未曾回來。唯有兒五弟性情改，削髮為僧出家在五臺。兒六弟鎮守三關為元帥。最可嘆兒七弟他，被那潘洪綁在芭蕉樹上，亂箭穿身無處葬埋。」

琴弓慌匆匆地拉，人急惶惶地唱，悲天憫世又痛兒的佘太君，唱得老淚縱橫。

琴絃一轉，突然轉為緊拉慢唱、盪氣迴腸的〈搖板〉：

「娘只說……我的兒啊……今不在……延輝我的兒啊……哪陣風把兒你吹回來？」

尾六兒聽不下去，偷偷從後門溜走。冷風灌進他衣領，錐刺著脖子，一陣又一陣。風吹得楊四郎回家去，吹得俺回娘身邊去嗎？

梅仔坑的小孩還是在放沖天炮、玩響地雷，咻——咻——，一支支飛射過頭頂，砰——碰——殺——，照樣噴爆、灑落千朵金花、萬片銀葉。

就在不久前，真的才不久……他和唯一的親哥，都還是雪地裡蹦蹦跳跳的猴崽子。大年夜，迫不及待地穿起新衣、新鞋，和鄰家紫麻花辮的大小妹子，圍個圓圓的圈，牽著肥嘟嘟的小手，繞呀唱的：「新年到，穿新衣、戴新帽，快快樂樂放鞭炮……」

他躲在親哥身後，扶靠他的腰，歪探出半個頭，一手摀著耳朵。親哥拿著點紅的香炷，伸直胳臂，蹲低腰腿，挪遠了上半身，抖呀抖！顫巍巍去引爆刺匝匝的炮心……

咻——砰——老共的大礮轟過來……炸爛了，親哥的身子……哥噴上天，炸爛了……爛了……血肉蓋下來，灑得俺一頭一身……

…………　…………　…………　…………

…………　…………　…………　…………

三月天，遍地的映山紅、三色菫、櫻草花，開得火燒火燎。紅的、紫的、白的、粉的、桃心的、絲絨的，從山坡一路開到溪谷。

放鞭炮的兄弟倆長大了——也沒多大，才十五和十八。拿兩把斗子網，背著竹簍，捲起褲管，彎身踏在沁涼涼的溪裡撈魚。娘說她知道哥喜歡鄰家的大妹子，等她滿十七，就要娶來給俺做嫂子……

岸上，老總帽子頂著青天白日，端起槍對著水面就是一陣掃射：「他媽的王八羔子！兩手舉高，用滾用爬的，都給格老子上岸來！」

「老總！俺跟您老走。別射、別推，俺走！俺跟您走就是了！俺弟他小，求求您！放他家去！俺家老娘等著哩！放他回家去！求您啦！」

「混帳東西！還討價還價個屁！走，一起走！不走，格老子斃你一雙。」

……　……　……　……

哥！鄰家大妹子也喜歡你麼？俺看過你貼胸的香囊，是她縫的，對不對？

……　……　……　……

大撤退，槍彈在身後追。哥叫俺丟下背包，拉著俺的手拚了命就逃。大礮轟過來，轟過來……哥血肉噴上天，灑得俺一頭一身……哥！娘站在村子口，笑瞇瞇等咱回去。那天，咱們網得好幾條肥滋滋的魚，活跳跳、潑刺刺，拍打著尾鰭。你說要娘煮紅燒，加著大把青蒜、紅椒，燒出一盤鹹辣衝鼻的河鮮味兒……

哥！娘笑瞇瞇等在村子口，家去！回家去！咱們一起回去！

……　……　……　……

大年初一，尾六兒真的回去了。就在「道班」簡陋的宿舍，一把剃鬍鬚的利刃，割斷左手腕的動脈……他——到天上會親哥及侍奉太爺去了。鮮血噴流得一床一地，說不定也會流往那映山紅、三色堇、櫻草花，開得滿山滿谷的家鄉去……

喜或傷

兄弟們辦完後事，相互躲著，就怕碰面。

兩三個月後，二爺、三哥出面找大家喝酒。一碰面，傷痛果然就亂箭齊發，射刺得他們渾身是傷。

老四掄起拳頭猛搥心口，啞著喉嚨開罵：「死尾六兒！天殺的兔崽子，咱們開山闢路、同吃同住十來年，俺待你哪點輸你親哥？你有種就當面嗆、當面說呀！」罵完，摀著臉，淚滴從指縫間淌了下來……

老五鐵寒著臉，一聲也不吭。他和尾六兒住同房，一早醒來，是他最先發現的。除夕深夜，他喝得迷迷糊糊，依稀聽到尾六兒低低在啜泣，喃喃喊著哥和娘。他還粗聲粗氣罵他沒出息，一輩子斷不了奶……

尾六兒的死，帶來莫大的警訊，不能不防著了！二爺控不住這群亂世倉皇的野馬，無奈又無力的狀況下，只好請出太爺的牌位來坐鎮：

「俺說呀！咱們兄弟都親口答應，要落地生根、要開枝散葉，可不能『甩大鞋』，說話不算話，矇騙太爺他老人家！」

多年了，老張們刻意學太爺的山東腔，但除了「俺」、「咱們」及「甩大鞋」、「夯不郎噹」、「吃了昧心食，放了啞巴屁！」幾個字詞之外，其他都只是半調子或胡扯爛。不過，這反倒有綵衣娛親的效果。老太爺常被逗得笑哈哈：「猴崽子！瞧瞧這群猴崽子，卯起來淨是胡說八道！」一隻硬木枴杖頭，敲得地板噔噔響。

可是，太爺不在了，硬木枴杖隨著棺材埋了，老張們的山東話更是荒了腔調、走了板眼，帶不起任何力道了。

小七一臉慘然：「二二八事件，結下了死纏的仇恨。臺灣人家的好女孩，誰肯嫁我們這群飄泊的野漢？我可不要娶個瞎眼、啞巴或白癡的，一輩子受苦受難。」他年輕，條件也最好。可是，他看透眼前殘酷的現實，比誰都絕望。

老四咧嘴冷笑：「那還不容易！道班的老李、老江、老裘，三個窮光蛋兼老不修，論斤從媒婆那兒買回一個女的，一斤一百塊，也不便宜耶！雖是獃頭獃腦的傻姑娘，但輪流著睡，還不是生下一個白胖小子！管他媽的是誰下的種？共同養就對了。抽了籤、排了序，取名叫『李江袁』。三個頭白鬍鬚長的爹，下了工、去下圓鍬、槓鎚子，手還沒洗就搶著抱、爭著親，快樂得緊咧！」

老五一聽，大拳就揮過去：「他們好樣兒，願意當禽獸，你也要跟著學？俺寧可去摟枕頭、拱頂著棉被消火氣，也不奉陪。」

二爺沉下臉：「瞎鬧、胡扯！留點口德吧！都是些可憐人，別只會取笑……咱們是太爺的兒，不許做那沒人倫的事。老三！怎麼著？舌頭被誰割了？也不吭句人話！」

成天混在孩子堆的小學校工被點名了，囁囁又嚅嚅：「俺娶過媳婦兒，大俺十歲，娘從小買來當童養媳的。俺是她把屎把尿帶大的，十七歲就跟她圓了房，生了兩個兒。我從軍去時，她肚子裡還懷一個沒出世的娃。」

這種事詳說起來，的確有幾分為難。老三漲紅了臉，不知是回憶的興奮，或是害臊的靦腆？

「……回不去，就算了！俺可不能對不起他們娘兒們。」老三斬釘截鐵下他自己的決定。

「嘿！瞞天瞞地，瞞了個鐵包桶！怎不早講？哼！難怪死拉活拉，都拉不進窯子去，原來是替老姊守貞哪！俺說小七！你寫的大字活靈活現的好看，趕明兒寫個貞節牌坊，送給你三哥。就立在梅仔坑校門口，大夥燒香磕頭去！」老四的刀子口又發作了，一陣胡削亂砍，也不怕人鮮血淋漓。

老五那廝也是鐵齒銅牙，嘴一張，就要跟著瞎起鬨。二爺用力桌頭一拍，大喝：「光胡扯淡！還談不談正事？」強封住兩張胡說八道的臭嘴。

小七說：「這事非同小可，不是兒戲。要從長計議、從長計議！」誠懇的語調，夾帶著戒慎恐懼的不安。

二爺苦笑：「怎麼會是兒戲？我和老三已五十多了；你們一眨眼也快四十。再從長計議下去，會生不出孩子來！縱然生得出來，父老子幼的，怕也沒力氣去拉拔了。太爺救了咱、總把子又送飯碗給咱活路。咱們苦一點，替本家傳點骨血，也替張家保住個香爐。要不，兄弟們遲早兩腳一蹬，牛頭馬面的鐵鍊往脖子一套，就被拉見閻羅王去了。年年清明一到，誰替太爺、總把子墳前上香呀？」濃烈又長遠的憂傷，像把利刃，刺疼了一家人的心臟。

這下子，不管是誰，都沒話說了。

沒話說了，事情可要大忙了。

三哥理由正當，吃了秤砣鐵了心，說不娶就是不娶，誰也沒奈他何。老四、老五逛怕了窯子，死了心定下來。小七是讀書人，挑三揀四的，最難搞定。

但是，一兩年內也全都搞定了。四兄弟各自迎娶了老婆，也分別迎向不同的人生。

地下的太爺看了，不知會多心喜？

或者——多心傷？

成家

二爺是老大哥，以身作則，最先成了家。

可能是上天的安排，或太爺的恩賜吧！二爺的老婆是揀來的，沒花大錢；還平白帶個十多歲的小子，讓他當了現成的爹。

從不逛窯子的他，倒娶了一個出身窯子的女人——秋桂。

秋桂從小被賣入煙花，二十歲不到，就生了一個兒——不知爹是誰的兒。後來，梅仔坑暴發戶林大德，娶她進門當小的，是元配做的主，希望能生個「帶把的」好傳宗接代。問題是，三年多了，她肚子還是平得像鼓皮，一點消息都無。元配大怒，也不問青紅皂白，就將她及拖油瓶，掃地出門了。

秋桂走投無路，又不想重操舊業，只好去找鄉長哭訴。一方面傾訴自己的委屈，一方面看能不能獲得貧戶的補助。

五十出頭的鄉長，名叫劉旺長。人是不錯，但每天應付川流不息的請願人潮，還是打從心裡不耐煩。秋桂的冤屈都還沒訴完，他就狠狠打斷了：

「怨天怨地嘛無路用！油麻菜籽命就油麻菜籽命，隨隨便便亂撒，落土就會發芽。妳黑白找一個人嫁了，比較實在。何況妳現在沒戶口，哪可能有啥貧戶補助？」

秋桂一聽，更是抽抽搭搭哭個沒完：「我三十幾歲的人了，落過煙花、帶個細漢囝兒；嫁人無生後生、又被趕出門。街頭巷尾的三八查某，在背後叫我掃帚星、破格精。哪有查甫人敢娶我？……」

哭得正悲慘時，二爺恰巧送公文進來。鄉長瞄了他一眼，半是為了躲避水淹之災，半是湊興開玩笑，就說了：「一枝草一點露！誰講『半日煙花女、三世嫁歹人』？鄉公所內現成就有一個好人，我來做媒，牽成這件好事。」

好事真的被鄉長一牽就成了。二爺有太爺、總把子的豪邁，一向看不得別人受苦。得知秋桂的命運後，連人都沒細看就答應娶了。從此，無依無靠的秋桂，有了安穩的家；她兒子阿清的身分證上，也擦掉了「父不詳」三個字。

結婚那天，席開近十桌。劉鄉長穿起全套的西裝、打紅領帶，胸前別著絨布大紅花，登上臺，蓋下了介紹人及證婚人的印章。能替忠厚勤快的部屬，找到老婆及現成的兒子，他高興得很、也得意得很。

但是，高興、得意太過頭了，他完全忘了形、失了態，醉醺醺地舉起雙手、拔高嗓門，用選舉造勢的聲調對臺下喊：「各位親愛的父老兄弟姊妹：查甫人喔！『寧可娶婊來做妻，毋通娶妻去做婊』！大家講，對不對?!對不對呀?!」

在座的人都嚇一大跳，新娘也變了臉色！還好，妝太濃了，看不太出來。

而老張們全喝醉了，沒一個聽得清楚。若沒喝醉，他們也聽不太懂這類臺灣俚語。縱然聽懂了，浪裡來、風裡去的他們，對於這種芝麻綠豆的屁事兒，也不會去計較吧？

反倒是剛考上縣初中的秋桂兒子——阿清，臉一青、嘴一撇，扭頭就走，辜負了他媽的一頓好酒菜。

鄉長拉成了紅線，又不收媒人錢，不只搶走生意，又破壞行規，這事引起了正牌媒婆的公憤。她們決定，下屆鄉長選舉，不挺這個白目鬼了。

這幾個媒人婆，心像山裡頭的寒水潭——深不可測；嘴像灌田的大圳溝——滔滔不斷；腦袋裡更有一本密密麻麻的萬年簿，偌大的梅仔坑鄉，誰家兒子冒鬍渣，誰家女兒來月事，都記得一清二楚。她們自吹自擂是奔走人間、服務眾生的月下老人；但事實上，比較像是既昏又瞶，亂點鴛鴦譜的喬太守。

最近幾年，媒婆們兼做起「老芋頭配嫩番薯」的生意。做這種勾當，就不再是無心犯錯的喬太守，而是一咬住皮肉，不吸飽鮮血，就死也不鬆口的螞蟥、水蛭了。

梅仔坑附近有兩座大軍營，未婚的老兵、外省的羅漢腳塞滿街，媒婆們不怕沒獵物上門。她們嗅著狐狸般靈敏的鼻子，專找生有缺陷女兒的不幸家庭，或死了丈夫、離了婚的孤苦女人。

一搖起紙摺扇，媒婆就會笑出瞇瞇眼：「阿兵哥，錢多多。吃豆奶，配饅頭。娶無婆，摟枕頭。疼惜婆，做馬牛。」鼓弄起彈簧舌，天上的朵朵香花，就一陣陣亂墜下來，蒙蓋了聽眾的心眼。

於是，謊報的年齡、熱騰騰的豆漿與胖白饅頭，對命運乖舛的人們來說，是活著就可以進去享受的天堂。

而轉了一個路頭，媒婆們彎進道班宿舍或冰果室，用相同的心機、不同的內容，對那些兩眼冒著慾火的老芋頭說：「那女孩呀！細皮嫩肉的，天生就是乖，靜悄悄地聽話，從不嚼舌根或頂人嘴。」或者：「那姑娘呀！天生的美人胚子，就愛笑，會笑得您心花開、錢財來……」

因此，老芋頭們高高興興花了大把銀兩，迎娶「嫩番薯」進門了。久曠的大男人，溫柔與體貼還來不及展現，生米就已煮成了熟飯。

第二天一早醒來，那熟飯呀！——可都有些……唉！難以吞嚥了。

原來：那男的，比泰山大人還大上好幾歲。那個從不嚼舌、亂頂嘴的乖姑娘，天生是個啞巴；而笑吟吟的美人胚子，是不帶腦子出生的傻瓜。

老四、老五運氣雖沒二爺好，但終究不差，沒上了媒婆的惡當。這多虧他們平日逛熟了窯子，建立不錯的口碑。風塵中打滾的姑娘，反倒是有情有義，既幫襯著探聽，又卯足勁替他們跟媒婆殺價。所以，兄弟倆娶的是眼耳端正、不癡不瘸的姑娘。

只因，姑娘家太窮了，底下又有五六七八個弟妹，說好是半嫁半賣的之外，每個月還要贈三斗米給娘家過活。年紀當然是小了些，但老馬吃起嫩草來，更是有滋有味、感天謝地起來。

何況，嫩草豐盈的生機，不只讓兩匹老馬更老當益壯，又真的哺育出好幾匹小馬：老四生了兩兒一女；老五更多，一年一個，三男二女，足足一大把。

至於小七，那運氣可就背囉！他明媒正娶的，正是那笑盈盈的美人胚子！

要怪就怪他是茅坑裡的石頭——又臭又硬。這檔羞人答答的求親事兒，怎會找大老粗的哥兒們商量去？

在媒婆的安排下，小七單獨去女方家相親。女孩由媒婆捧扶著身子出來奉茶，微微屈膝的一剎那，他瞧見她嘴角一抹淺淺的笑……那朵淺笑，恰似茫茫雪地裡，一枝紅梅居高枝，綻放著無限的生機與希望。

善畫的小七，打從心眼暖和起來，一股強勁的電流奔竄全身，傳達到四肢百骸、三萬六千個毛孔去。就連遙遙遠遠的故土，千里冰封的雪鄉，也都春回大地、晨曦普照了。

媒婆又捧扶她進房去。一轉身，纖纖柔柔的背影，弱弱可人的腰肢，是他畫布裡的春竹，婀娜迎風，迎來滿眼的鵝黃嫩綠、招來滿耳的鳥啼蟲鳴……

小七一點都不遲疑，當下就做了決定。

回家後，靈感像帶雨的春潮，蒙天蓋地的灑落及湧盪。他磨好墨、調好顏料，畫了好一幅動人的「梅竹春曉」。

新婚隔天，他急匆匆拉著笑吟吟的新娘，去找媒婆理論。媒婆耍無賴，既不退錢也不認錯；甚至，再賠一筆錢送回娘家都不行。

小七最懼怕的事，降臨到頭上來了。他淚眼迷濛地向兄弟們求援。但是，大老粗最講仁義，每一個都搖頭：

「我說小七！你就認命吧！人家可是黃花大閨女，不能就白白糟蹋了。太爺活著，也不允許你幹這沒天良的事兒！小你二十來歲，正好當女兒來疼。慢慢教！天可憐見，或許有一天教出腦子來也說不定！」

小七認命了，再苦、再痛也認了，真的把新娘當女兒來疼，取了一個小名：「傷梅」——一朵受了傷的小小寒梅。

雪鄉老家的大院落裡，書房窗前有一株百年老梅，是高祖親手種下的。娘在宣紙上，用濃墨摹畫老幹的蒼勁、用胭脂點染新蕊的嬌嫩，就掛在粉牆上；兩旁的字匾：「疏影橫斜水清淺，暗香浮動月黃昏。」——林和靖的名詩，是爹題寫的，有著龍行鳳翥的超凡與瀟灑。

所以，他惜梅、愛梅，一張張雪白的宣紙，栽種過千株、開放過萬蕊，都是他翻耕心田、灌溉血汗，就著天地生機，一筆一畫勾勒出來的。

而那朵小小的、受了傷的梅花，在大風雪的深夜，飄旋著清新的舞姿、無瑕的粉嫩，降落到他溫厚的手掌心來。他怎麼可以不承著、護著、摀著、貼在心口疼呢？

慢慢地——小七就不恨也不痛了。

而且有了傷梅之後，他更騰起手肘，專心一意，全力護梅、寫梅了。或許，真的是天意，笑吟吟的美人、受傷的寒梅，激盪出小七生命潛藏的能量，發揮到無窮無盡。宣紙上的枝幹更遒勁、寒梅更清麗；而且綠蔭滿枝結實成，他生下一兒一女來了。

蒙天垂憐，一兒一女不但都帶了腦子來，兩雙慧黠晶亮的眼睛，真的如秋水、似寒星，是從「百子圖」裡頭跳出來的孩兒，玉一般晶瑩溫潤的孩兒。

晶瑩溫潤的孩兒，果然也帶來好運，小兄妹的玩具，常常是一座座、一塊塊金黃燦爛的獎杯、獎牌——從教育部、文化局及藝術協會那兒頒贈來的。

四五個老張們，還是常常見面，見了面就有談不完的育兒經。二爺拚死拚活要教好青春期叛逆的養子；三哥疼惜著小學裡一屆來又一屆去的小丫頭、小蘿蔔；老四、老五更彼此打趣：「陷落兒女坑，做死未翻身。」——用的是從老婆那兒學來的，不很純正，但腔調已不差的臺灣俚語。

年年除夕，老張們團圓圍爐。廚房被能幹的秋桂霸佔著；另兩個媳婦兒只能切蔥拍蒜、端盤擺筷而已。傷梅則是笑吟吟蹲在地上，潑潑嘩嘩地玩起洗菜水。

他們照樣請出張氏「家堂」，先對太爺、總把子及歷代宗親行三跪九叩禮；再轉身側向，遙祭起自己本姓的祖考、祖妣。當然，也會酹酒在地，對著夜空大喊：「死尾六兒！你倒清閒，他媽的躲得乾乾淨淨！有種就下來和你老哥們喝兩杯！」

老張的故事完了嗎？

「王子與公主結婚後，從此過著幸福快樂的日子……」——只是哄騙小孩的童話。更何況，他們不是王子與公主，是亂世倉皇的野馬……而且，不是四五匹，是四五群了。

想家、想媽媽

時光是一條長河，悠悠漫漫，淌流在一本又一本由厚變薄的日曆裡。

換了新紀元，堂堂邁入二十一世紀。野馬生的、養的小馬，都長成了高頭大馬。高頭大馬有的也生下一隻隻可愛的、惱人的、胡闖瞎撞的小小馬。而在時代巨輪下，原本亂蹄狂奔的野馬，早就變成老馬了。

「老兵不死，只是逐漸凋零。」——如今，五匹老馬：死了一隻、失蹤一頭，一匹變成病馬。另兩隻也已經是視茫茫、髮蒼蒼，舉步維艱的衰馬了……

當年——當死的還活著、失蹤的還看得到、半活的還健在、舉步維艱的還生龍活虎時——兄弟五個，還是同心協力，幹過一樁大事。一樁他們這輩子唯一對國民黨、對中華民國「叛逆不忠」的大事。

那一年，是一九八七年吧？對！應該就是二十多年前的那年！

五月的第二個星期日——母親節，整個海島都籠罩在歡慶或懷念的悲喜中。五個外省老張，坐車從梅仔坑上臺北，參加「外省人返鄉探親促進會」所發起的街頭抗議活動。

惱人的梅雨才剛開始，漫天灑落的雨水，還是徹徹底底把幾千、幾百個「犯上作亂」的老芋頭淋溼了。雨水和著汗水、淚水，點點滴滴，淌落在火車站、新公園、一直到總統府的大馬路上。

蜿蜒悲情的隊伍中，二爺高舉「骨肉隔絕四十年」的木牌；三哥拉起「白髮娘盼兒歸，紅妝守空幃」的白布條。老四套穿長背心，前胸寫的大黑字是「想家」、後背寫的是「想媽媽」。老五握緊拳頭，一路聲嘶力竭地喊：「抓我來當兵，送我回家鄉！」小七歌喉好，透過大聲公，淒楚悲切地唱著：

「雁陣兒飛來飛去白雲裡，經過那萬里，可曾看仔細？雁兒呀！我想問你：我的母親可有消息？秋風哪！吹得楓葉亂飄蕩，噓寒呀問暖，缺少那親娘。母親呀！我要問您，天涯茫茫，您在何方……」

這首〈母親您在何方〉的歌，讓現場老人的眼睛，更下起了滂沱大雨……

這股排山倒海的返鄉訴求，任誰也抵擋不住了。小蔣總統知道不可能再背離人性、違逆天倫。於是，兩個月後，重病纏身的他，終於在七月十四日下令解嚴，廢止了長達三十八年——全世界最久的戒嚴令。

三個月後的十月十五日，行政院也順水推舟，宣佈老人們可以回大陸探親了。

「可以回老家囉！」

歡天喜地的訊息，在寶島發酵、傳播，算不算是遲來的正義，已沒有人去計較。但是，可以回，就表示「在水一方」的家鄉，不「道阻且長」了嗎？

二爺最老，卻最不急著回老家。他不說，但大家的照子都亮得很，還不是為了養子阿清。

阿清從小個性彆扭又倔強，讀書卻是一級棒。以榜首的成績登上嘉義高中；三年後，又考上了臺大醫學院。鄉公所工友微薄的薪水，哪支付得起龐大的學雜費、生活費？二爺硬頸的脾氣，又嚴拒小七的解囊。為了栽培兒子，夫妻倆千尋萬覓，終於找到一項收入不錯的兼差：扛大厝——為死人抬棺材。

梅仔坑鄉分很多村：圳南、圳北、梅東、梅南、梅北……很奇怪，就是沒有梅西村。於是，捉狹的人把野外的墓園，就取名為「梅西村」。

梅西村的「土饅頭」，「餡草」果真都在城裡。一人遲早都要吃上一個，嫌沒滋味也沒轍！但是，當餡草要包進土饅頭時，絕對要靠一群「土公仔隊」來幫襯才行。

「土公仔隊」堪稱臺灣早期的殯葬社。秋桂——昔日的煙花女，洗盡鉛華之後，竟當起了「殮工」，幹起了在棺木底層鋪木炭、撒茶葉梗、墊冥紙及搬放大體入住大厝的粗活兒。而且按照禮俗，朗聲唸起：「老大人、入大厝；子子孫孫，大貴又大富」、「大厝扛入廳，子孫考試一定贏」等吉祥話兒，她也是有模有樣了。甚至，還會伶牙俐齒、見風轉舵，把「子孫考試一定贏」改唸成「子孫『大家樂』或『六合彩』一定贏」，多拿一些紅包哩！

斯文的、會唱京劇的二爺，則當起抬死人棺、上墳仔埔、挖墓壙、掩墳土的「大力仔」。在十人或十二人汗流浹背的隊伍中，他是唯一頭髮花白的……

初、高中六年、醫學院七年、兵役兩三年，二爺的頭髮早已從花白變成全白。他買不起活人住的大厝，倒是被死人的大厝，壓得背也駝了、脊樑也彎了。

可以回鄉了，但是，回鄉要機票、要路費、還要三大件、五小件的「伴手禮」。夫妻倆省著吃、儉著用，所有的錢，都栽培灌溉阿清去了，哪裡還有閒錢？何況二爺靠八十了，爹沒了、娘走了，兄弟姊妹不是戰死、就是老死了，哪還有家可回？縱使還有家、還有鄉，自己一手養大的阿清，不也比飄緲的鄉愁重要？比陌生的姪兒、外甥重要？

二爺鐵了心，說不回就不回了。

但最後，二爺到底還是回家了，回太爺、總把子、尾六兒在天上住的家去了。根據生前的叮囑，以及貼掛在胸口的「大體捐贈卡」，九十多歲的他，由秋桂、阿清、老四、老五、小七護送著，意氣風發地當起醫學院的大體老師了。

「俺家阿清畢業了。但還沒學好拿手術刀、下救命藥的小子們，總要有人去教呀！」

二爺燦燦爛爛地笑了，額頭上糾纏一輩子的皺紋，不再斧劈刀削，一條一條舒舒服服，伸長出去、開展出去了……

再見

最急著回老家的當然是三哥。領走了整筆的退休金，穿起生平第一套西裝，打起領帶，哭著向太爺、總把子、尾六兒的靈位叩別；再含著淚揮手向兄弟、姪兒們道再見。

對！是要再見，一定要再見面的——

但是，不在梅仔坑，是在山明水秀的故鄉。

三哥歡天喜地，張著大嘴笑，笑著笑著，嘴角就快開裂到耳垂了：「俺的阿姊老婆，會燒一大桌好菜：香的、辣的、鹹的、甜的、酸的都有……俺會領著一大群兒孫去庄子口等——

踮起腳尖、伸直脖子急咧咧地等！就等四十多年的老兄弟來俺家再見囉！」

半年，真的才不到半年！他們就再見了。

但是，沒在山明水秀的江南，是在梅仔坑老四的舊窩。

深夜裡，疲憊、蒼老、又邋遢的三哥現身了，像從對岸飄回來的遊魂。

老四急得跳腳：「俺說三哥呀！你倒說說話呀！這是怎麼回事？為啥光光鮮鮮出去、垂頭垂腦回來？你的西裝呢？皮鞋呢？」

老三慘然一笑，仰起頭，灌下一整杯燒刀子。

老五抓狂了，搶下他的酒杯，往牆上死命就是砸：「你的姊老婆死了？嫁漢去了？你家小子、閨女不要你了？你的銀子呢？用一輩子換來的幾個錢，全到哪裡去了？別光喝酒，說呀！再不說，走！去二爺家，請出太爺的神位來問你！」

老三還是不說，灌飽了老酒，推開兩雙想攙扶他的手：「走開！別蒙頭瞎眼地猛跟。俺好得很，四十多年的老倉庫不會變，俺要回學校的家去睡了。沒事兒，別驚動二哥，也別嚇著小七。俺不會有事……有事，也明天再說！」

他走了，徹徹底底走了！把梅仔坑翻轉過來找，也找不到他了……小小的隨身行李留在老四家，裡面有身分證、護照、戰士授田證；沒有錢、也沒有機票。

老五把小學警衛揍得鼻青臉腫：「俺三哥在這倉庫睡了四十多年，一輩子替小猢猻做牛做馬。借住一晚有啥要緊？為啥就不許？忘恩負義的死王八羔子，還我、還我一個三哥來！」

年輕的小伙子不敢回嘴、更不敢回拳，因為校長已先狠狠責備過他了。

但是，他覺得好委屈、好無辜。不是要盡忠職守嗎？他又不是在地人，哪認得誰是老校工？即使自己真的是王八羔子，也沒受過那老人的恩！更何況，三更半夜，那老人超恐怖的，喝得爛醉、張牙舞爪，哭嚷著要回家。他明明搞錯了，那是舊倉庫，怎會是他家？那種地方能住人嗎？死在裡面怎麼辦？

所以，三哥沒死在出生的家，也沒死在住了四十多年的家。他消失了，從人間悄悄蒸發了，不知死在哪裡去了？

撕碎

老四、老五、小七都去過大陸原生的老家，也都再飛回梅仔坑各自的窩巢。一兩年就來回一趟；甚至，一年就來回好幾趟。

但是，初次返回故鄉，還是有抹不完的淚、說不完的故事。

長幼有序，就先說老四吧！

老四的兩個兒子，從爹那兒學來一等一的好手藝，開起了麵攤，本本份份地過日子。老四夫婦享有一半的清福。

另外一半——可就不清又不福了。

原來，他們的女兒——憶慈，十六歲，高䠷的身材，臉龐是桃紅李白似的美麗；還考進嘉義女中，當了儀隊、旗隊的總隊長，是老四捧在手掌的明珠、掛在嘴上的驕傲。

每次看到她戴上將軍帽，帽頂上跳動著紅亮亮的大絨球，抖擻出一片驕傲與嬌嫩；一整排的肩章，閃著、耀著黃澄澄的金光；潔白的穗帶映照她燦爛的笑，笑紋像梅仔坑寒水潭的漣漪，一波波蕩湧開去、一淪淪反射回來——是純淨、清涼又香甜的甘霖，更是上一代在硝煙火燼中，失落得徹徹底底的青春。

老四看著望著，就有大哭的衝動：「俺是他媽的狗也嫌、貓也恨的大老粗，怎生得出這水晶花兒般的閨女來？」

再看到水晶花兒般的閨女，穿著短到不行的白色百摺裙；秉著、握著、揮著、舞著亮晃晃的軍刀，眼神專注又凌厲。霸凌凌地站在隊伍的最前頭，指揮一大票精精神神的小娘子軍。一雙雙長馬靴，霹霹啪啪、整整齊齊地踩，踩得整條街震天價響。個個腰身矯健，忙碌的雙手，旋動起翻江倒海的布繙：紅、白、黃、藍、紫、黑、綠……好一大片絢麗洶湧的旗海。一把把射不出子彈的木槍，變成乖巧的玩具，在小娘子纖細的手裡，端起、托住、舉高、跪射、上拋、翻滾、輪換……

老四眉開眼笑，一張老臉全是陶醉與得意，嘴裡卻假惺惺：「咱家閨女嫌爹爹拿刀拿槍拿不夠，現換她卯起來耍！那玩意兒盡出人命，女孩兒家又拋又弄的，成何體統？她娘慣壞的，全是她娘慣壞的！」

不耍軍刀、木槍時，小憶慈捧著書，唸起洋腔洋調的外國話兒。老四就大聲唸著半押韻的臺灣童訣來逗她：「ABC、狗咬豬；豬無肉、猶婆掠；掠毋去、刣來吃……」鬧得閨女賭氣，甩了課本，噘起紅潤潤的小嘴，向她娘告狀去。

可是，不知從哪天開始？她突然把自己鎖進房間，不肯上學、不願說話、更不理睬人。

起初，夫妻倆以為是小妮子偷偷談戀愛失戀了，百哄千勸的。後來發現，她撕咬書本、撕咬窗簾、撕咬成一片片、一條條，撕咬得指甲斷裂、牙齦全是血。

最後，連身上的衣裳也撕碎咬爛了……

不久，小憶慈穿著一身撕咬不碎的衣裳，進了精神療養院。老四——撕咬著一顆碎裂的心，進了地獄。

但是，開放探親好久了。再怎樣，老家總是要回的。

回到千山萬水的老家，老四眼裡看的、耳裡聽的，竟然都是姪女們，一個個在青春期發病，且一發就不可收拾。

兄嫂告訴他，那瘋病家鄉話叫「桃李癲」，一向發作在豔若桃李的少女身上；同時，桃李爭豔的春天，她們也會瘋得猛烈、狂得徹底。

老四像同時被七八道焦雷轟到，失了魂、亂了魄，直愣愣站著，半天說不出話來。一些記憶也被雷電擊中，轟出清晰又殘酷的影像——小時候，柴房裡永遠關著一個披頭散髮的女人，奶奶按三餐送飯去給她吃。半夜裡，傳來捶牆撞壁、狗嚎狼嗥的恐怖聲音，刺得人耳膜生疼。問起那是誰？為啥那模樣？立刻被爹狠狠甩了一個大耳光……

後來，娘偷偷告訴他，那女人他要喊姑。

老四急慌慌地搭機飛回來。一進門，拉住自己的兩個兒就大哭：「可以娶媳婦兒、可以成家，但不能生娃兒。躲得過天災、逃得過人禍，卻甩不掉遺傳！那是老天無情，對咱家閨女的詛咒……」

他說得搥胸頓足、哭得摧肝斷腸。但是，兒子們能了解、能體諒麼？這種險千萬冒不得，但也阻擋不得的呀！

酸醋與梅影

至於老五的老家，可不是他想回、可以回，就回得去的。

老五被抓進軍隊時，還沒滿十四，槍桿子立起來都快比他高。在老張們當中，他雖然排行第五，卻比尾六兒、小七都來得小。

他沒進過學堂，不識字，只知道：家住「山西」或「陝西」的「趙家屯」。屯子旁有座叫「蓮花」或「荷花」的山。從小，家人及鄰居都喊他「狗兒」；上頭有三個兄、兩個姊。至於，他「趙得勝」的名字，那是軍隊班長取的。身分證上多出來的六七歲，則是連長給的。

等到國際紅十字會透過各種管道，幫「狗兒」大概確定故鄉時，也已經是開放探親七八年後的事了。

對老眼昏花又不識字的老五：辦臺胞證、高雄登機、香港轉機、搭火車、趕公車、換水船、乘馬騾……探親有如探險，並不比登陸月球來得簡單。好在，小七來回故鄉已好幾趟，就由他作伴探險去了。

根據紅十字會給他們的資料，光是山西或陝西的「趙家屯」，就有四五十個；附近有座山叫「蓮花」或「荷花」的，則有十來個。兩個老人一個一個地找，熄滅掉一個希望後，再四面八方尋找火種，燃起另一個希望。

最後一個「趙家屯」找到了。還沒入庄頭，老五已渾身打擺子。小七用力拍他的肩背，企圖安頓他流浪四十多年的身心：「稍安勿躁、稍安勿躁！撐著點。不慌、不著急！搞不好這回又不是呢！」

「瞎說！這路、就這路，錯不了的，變大變直了，可俺認得，俺夢都夢見的！這山，對！就這山，俺爬過樹、跌過跤、抓過黑鳩白鳥的山。準沒錯，俺家到了，俺回家了！」

小七長嘆一聲，搖搖頭，不忍再潑他冷水。一路上，每次快到「趙家屯」之前，老五說的話都差不了太多。

可是，這次真的不一樣了。入庄後，老五的牙更是捉對打顫，直著眼、抖著腿，黝黑乾瘦的臉，一陣紅又一陣青。東張張、西望望，一步一拖……

走在碎石子路上的，不是烽火連天中被抓伕的少年；不是退伍時肺癆纏身的青年；不是梅仔坑鄉煮瀝青、鋪馬路的道班工人；也不是五個孩子的老爹……是那個十三歲多的男孩，那個親娘拿給他兩個銅板，出門去買瓶酸醋的小小孩兒。

昔日的狗兒，嗅到回家的路了，又哭又笑、又奔又跌的，奔跌到一家土厝前，從背包拿出早就準備好的酸醋，「咚！」一聲跪了下去，聲嘶力竭地呼喊，呼喊那斷裂的歲月、破碎的記憶：

「娘！娘！狗兒回來了……么狗兒回來了，替您買酸醋回來了，娘！娘！……」

一位穿藍布衣、梳白髮髻的老娘出現了。伸開手、顫危危的走下門階，蹲下身、端起他的臉，看得好久、看得好細，啞著嗓子叫：「狗兒！是我的狗兒！我的狗兒！」身子一軟，暈厥了過去……

團圓飯，滿滿的一大桌。屋子裡、窗戶眼、大門外，是一雙雙熱切又好奇的眼睛。

怎麼可能不徹徹底底地醉一場？這頓飯可等了快五十年哪！狗兒端起酒，跪在八十好幾的老娘膝前，哽著喉嚨：「娘！狗兒不孝……狗兒沒……沒……」

「起身來，狗兒快起來！娘知道！娘不怪……」山村老太太，臉上縱橫交錯的，是悲苦歲月的刻痕、也是母子團聚的淚痕。

小七在一旁拭淚，淚水卻愈拭愈多、愈拭愈漫流……五六年前，他千辛萬苦，孤身踏上了歸鄉路。歸到了鄉，才知道鄉裡已沒有家，屋裡已沒有娘。

眼前這一幕，小七盼了好久、在夢裡演練過好多次。將近半個世紀的癡望與幻想，還好，不是上演在臺灣濫情的電視劇，是出現在「趙家屯」簡陋的老厝。小七好高興、好滿足……

奪眶泛濫的淚水，像天地初創時的洪流，滔滔不絕。小七的影子，彷彿也跟隨著狗兒跪下。因為，山村老太太身邊，也有一個白髮蒼蒼的身影，像京劇中，現身在鑼鼓點裡的佘太君。不過——戲袍褪盡了華彩，變成宣紙中，水墨渲染的影子，朦朧又模糊……小七揪心地問：娘——您老了嗎？還是當年的模樣嗎？……也穿著藍布衫褲嗎？也是淚眼婆娑嗎？是不是還裹著小腳？還守著「笑不露齒、行不動裙」的戒律？……娘曾握著孩兒的小手，一筆一筆、一朵一朵地畫梅……

「娘！孩兒不孝……孩兒沒……」小七在心裡哭喊。

「娘知道！娘不怪……」她老人家也俯下身，撫著小七的臉，也看得好久、看得好細，柔著嗓子一聲聲呢喃著。

「娘！狗兒我娶媳婦了。」

「是嘛？太好了！是個怎樣的媳婦呀？」

「娘！孩兒娶媳婦了……」

「娘知道，不用說，娘甚麼都知道……」

「狗兒那個婆娘呀！手能提、肩能挑，跟著俺吃苦又耐勞。娘！她挺潑辣的，罵起人來，跟您年輕時罵爹一個樣兒。」

「胡說八道！娘幾時罵過你爹？娘高興！下回帶她回家來，娘有一對沒被抄走的銀耳墜子，就是要留給狗兒媳婦的。」

「不！娘您不知道，她是『傷梅』，是老天畫傷、畫殘了的梅。娘！畫壞的梅，您說不可以揉一揉，就丟進字紙簍裡去。要貼上牆，仔細瞧著、用心想著，補一筆、修一畫，慢慢就可以畫出好梅……

娘！孩兒努力補、盡力修，卻拗不過老天的敗筆呀！娘！那一天，老天一定是喝醉了酒，硬毫拿成了軟筆、勾勒變成了暈染……點蒂是要濃墨的，祂卻用了枯筆，難怪托不住呀！勾花描瓣時，祂一定抖了手、亂了心，不是又密又亂、就是又疏又散。最糟糕的是，一整幅梅，老天沒留出『活眼』。沒『活眼』，花朵哪有神？枝幹哪有氣？難怪混沌成一片……

娘！您說！傷梅是老天的戲作嗎？老天不該那樣子胡來的呀！娘！起先她只是笑吟吟；高興起來，還會替我磨墨。這幾年，沒留出『活眼』的她更混沌了，不吃不睡、不言不語，彷彿是立著但已枯死的梅。我一匙一匙餵大兩株幼梅，現在，又換成要餵她了……」

「狗兒那婆娘呀！生了五個小的：三個帶把的、兩個閨女，都跟俺一樣沒啥出息。不過，男的老實、女的乖不隆咚就是了。娘！您放心。」

「娘！傷梅生了兩株幼梅。我學您握著他們的小手畫梅，他們兄妹倆也學著點了。可是，娘！您是怎麼教給我的？為何他倆學不到？

您說過女孩兒要像梅花，是『天地玲瓏玉』；男孩是梅骨，要有『人間灑落姿』。娘！我用您的話，教出好多得意門生，有的成了大畫家、有的當上藝術大學校長了。可是……我怎樣教都教不好那兩株幼梅！

後來，我認了。老天發了點慈悲，是有留給他們『活眼』，但哥哥留太大了，妹妹留太小了……娘！他們或許是璞石，但我精心琢呀磨的，就沒看到璧玉呀！」

「娘！狗兒住在海島上的梅仔坑，在『道班』工作，下崗退休後，每個月還可領錢過活。娘！這回狗兒只帶一瓶酸醋，一瓶買了快五十年的醋……下回，一定帶三大件五小件回來。」

「娘！不哭、不傷心！不該讓您掉淚的……孩兒告訴您一些快樂的事吧！您聽了肯定會高興的：您教孩兒畫的梅，已經收藏在臺灣最大最好的博物院、美術館了。孩兒開過好多次畫展，出版了好幾本畫冊。是您握著孩兒的手，畫下人生的第一株梅。娘！您記得的，您一定不會忘的，娘……」

「娘！狗兒拎了那瓶酸醋，蹦跳跳走回庄子。嘴饞，攀著枝條，摘了幾顆紫黑色的桑葚，都還沒嚼完，就被槍桿子押走了。娘！沒那瓶酸醋，那晚，您的酸辣麵還做得成嗎？」

「唉！狗兒的醋沒買回家來，娘就再也不做酸辣麵了。怎麼的，你想吃呀？趕明兒個，娘特別做給狗兒吃！」

「娘！您還畫梅嗎？孩兒從學校放下畫筆逃難去，思思念念，有誰在老家陪伴您？是窗前的老梅？或是宣紙的畫梅？孩兒千山萬水地回到老家，老梅早被砍了；整個院落被佔了，住著的都是些不相干的陌生人。」

「老天爺總算開眼了！想不到俺趙狗兒從死人堆裡，還可冒出頭來見老娘。」

「娘！樹砍了、家沒了、您到哪裡去了？為何連一壟墳、一塊碑都沒了？娘！我唱〈母親您在何方〉時，還存著點希望，哪裡想到……」

「狗兒跟著軍隊逃，子彈在頭上飛、炮彈在身邊爆。我說呀！娘、哥、姊、叔嬸及小輩們也別取笑。那時俺小！天天挨長官毒打，俺閉著眼、抱著頭、縮著脖子，鎖住了嘴巴，就是不哭不叫也不求饒；心裡卻一口口、一聲聲哭著喊娘。

娘！您好比寺庵裡戴著白頭巾、穿著白長袍的觀音大士，用楊柳枝兒灑下幾滴甘露，狗兒就不傷不疼了……狗兒夜夜做夢，夢見變回小嬰仔，被娘緊緊摟抱在懷裡，小嘴兒還拎著奶，蜜甜甜吮著。

娘！就這夢！這夢讓狗兒搶吸著一口氣，不倒也不死，任他天殺地剮，也要撐著活回來見娘……」

「狗兒！娘可憐的兒！別哭！可苦了我的兒了……來！過來！娘快九十了，管不得那麼多了！來！過來吃一口奶。感謝老天，是老天爺讓你做那個夢，是祂讓你活得下來。沒那個夢，娘就見不到狗兒……一定要讓夢成真，讓夢成真……我可憐的兒！」

於是，一生靦腆的山村老太太，當著眾人，一粒一粒慢慢解開布釦子，幾隻手指抖嗦嗦，潮水泛流的眼睛卻是堅定定。

藍布衫的衣襟緩緩拉掀，露出一邊乾枯、瘦癟、塌平、還爬佈著青黑血筋的半隻奶。

狗兒哭著跪爬過去，爬向四十多年來支撐他活下去，豐碩、渾圓、滿盈、又不枯不竭的企望……裡裡外外都靜默下來，肅穆虔誠的祭典，抬眼直視便是不敬了。

滿頭灰白的狗兒，變回尚未學步的小嬰仔，哭著孤單、飢餓的惶恐，嚎著無人疼惜的怨憤，爬向骨肉初生的源頭。兩隻小手一寸寸攀扶著娘親的腳掌，往上貼附著腿肚，再緊緊倚靠在膝頭、腰間。僅僅是軟嫩無邪的赤子，在親娘懷裡圓了一個夢而已……一萬七千多個亂離的晨昏，無休無止的慘傷，像千萬道光束，倏忽投焦，照射在相擁的母子身上。一陣燒灼過後，雲般霧般飛升揚起，悠然又瀟灑的風姿，緩緩飄散、緩緩離去……

圓夢的母子，還是忍不住放聲大哭了……

母子號啕痛哭的聲音，喚醒了小七，也把他從娘親懷抱的幻覺中強拉出來——宣紙中的梅影淡去了；娘走了、隨著風雪飄遠了……

跌回現實的小七，滿眼淌滴慘傷的淚珠，偏又強擠出笑容；伸手攙扶起跪伏的老五，打趣著說：「誰？當初是誰嘲笑尾六兒『一輩子斷不了奶』的？」

一說完，立刻就後悔了。

清明

二十一世紀了！一甲子過去了……

亂離的滄桑，只會沉降到記憶深底，不去掀騰，它就乖乖地、穩穩地潛著、蟄伏著；但是，它也不會消失，永遠牢牢地鎖著、疼痛著。

現在，老張們在梅仔坑所面對的一切，不管是好的、壞的、圓滿一點的、破碎徹底的，全是從對岸牽過來的因、在這岸結成的果。

他們像候鳥，在海峽兩岸飛去又返來、返來又歸去。來來去去的動力，不是季節的變遷，是血緣與記憶的呼喚。

每次離開梅仔坑，老張們都對孩子說：「這回可要住久一點了！」但不用兩個月，甚至兩星期不到，他們就會乖乖回來……或許，再怎麼牽掛、再怎麼思念；甚至，再怎麼的不堪——故鄉離久了，也是會變成異鄉；異鄉住久了，還是會變成故鄉的。

老四、老五這兩匹野馬，衝竄過大江南北的炮火，爆破過高山峻嶺的巨石、也馱載了白手起家的重擔。儘管歲月的巨輪，碾過無辜的青春之後，照樣用無情的速度，駛向落寞的凋零，但是，他們還是十分慶幸，慶幸——老來雖談不上「盛世」，但至少也勉強太平了。

對老張們來說：海島上的故鄉，政黨可以一輪又一替：藍變綠、綠又換藍，一張張投下去的選票，取代了一發發射出來的子彈。改朝換代竟然變得這麼簡單、這麼自在，既不用賠上一家子，也不必賠上一輩子！

那不是「太平」，又是甚麼？

但是，國或許可以偃兵息武、暫得太平；家呢？家就能無災無難、闔府平安嗎？尤其是老四與小七兩人的家？

那天是清明，藍、綠政黨第二次變天前的清明節。

兩匹顫危危、慢吞吞的衰馬。相扶相撐，兩腳貼著地面，划動細碎、溫吞的步伐，爬上了「梅西村」困蹇的山路。

太爺、總把子、尾六兒都靠住在一起。阿清及他倆的兒孫，前一天相約來過了。所以，雜草除了、鮮花供了；墓碑前，殘留著紙灰和蠟淚；三壟墳土上面，也壓滿了一小疊一小疊的黃紙了。

兩個老人無限欣慰，雖叨唸著提前掃墓違背了時令，但嘴角儘是一波波壓不住、嗾不下的笑紋。浪蕩翻滾了一世，現在就算天塌下來，也有小輩們搶著去頂、去撐了。

上完墳，昔日的「道班」硬漢，還有好多事要做：他們先搭乘縣公車來到醫院，在「大體捐贈芳名錄」的大理石石碑前，對著二爺的名字恭恭敬敬鞠三個躬。再折個彎，走向後院深處，花木扶疏的老人療養中心。

多年前，籌建這所雲嘉地區最大的醫院時，熱心公益的小七還捐了好幾幅畫義賣。二爺的養子阿清，醫學院畢業後在這兒任職，慢慢地升上了主任。秋桂領著老四、老五的老婆，也在這裡當慈眉善目的志工。所以，這兩三天就來一回的地方，對老四、老五來說，熟得跟進出家裡的客廳、廚房沒啥兩樣。

「七阿公！兩個阿公又來看你了！」是印尼來的外勞，一臉殷勤的笑，誇大高分貝的喜悅，向床上回到混沌太初的小七報告。

外勞有著動聽又帶著幾分神聖的名字——德麗莎。老張們嫌彆扭，就剪掉前兩個字，只叫她阿莎。後來老五又反對：「殺來殺去的，讓人心裡直慌；也會嚇著文謅謅的小七。」所以大家又改口叫她「阿麗」。一個很臺灣味的名字，讓她整個人也跟著「臺」了起來。

來一年多了，嚴格的職前訓練及細膩的察言觀色，讓她擁有國臺語雙聲帶，也學會了華人世界中最神祕的人情世故。但是，堆得滿滿的笑容裡，難免夾雜著寄人籬下的卑屈、拋家別子的寂寞，以及看護病患的疲憊。

這是醫院附設的老人療養中心，很好的醫護、很好的單人病房！小七一定沒料想到會變成這樣。他一向是那麼大器、那麼謹慎，最後無非希望「赤條條來去無牽掛」而已。

他那麼努力、那麼苦心籌劃，預留了一切、安排好一切，卻獨獨遺漏了——遺漏了救活後的花費。

兒女有心無心也都出了一些，但大部份由阿清撐著，其餘的能幫著點就幫著點。錢場之外，還需要捧人場，秋桂領著兩個妯娌、子姪及義工們，也善盡了監督之責。也因此，阿麗知道她的老闆有很多個，就格外細心盡職了。

但是，病床上的小七，他知道有不錯的醫療照護嗎？他真的享受，喔！不！感受得到嗎？

「念祖呢？」兩個老人同時開口問。

「先生忙，來了又走了。」雖是國臺語雙聲帶，但是，轉盤的油上得不夠多，吱吱嘎嘎跳著針，說的人口不順，聽的人耳朵也彆扭。

「俺來三次，三次見不到人影；來十次，十次撲了個空。小七把屎把尿一手餵大的親兒，良心竟給土狼叼吃了！給俺碰上，這把老拳非狠狠地……」老五額頭暴現一條條血筋，像張牙舞爪的青龍。

「已經好很多、改很多了，至少已知道要盡點心力，也別太怪他！」一樣是老粗，老四的不順遂比老五多太多了，火爆脾氣就顯然改善一些。

「小姐來，三天前。」懂得人情世故的阿麗，火速插上一句，本來火冒三丈的老五，立刻熄掉了兩丈多。

「還是閨女好！小七總算沒白養。閨女一向強過帶把的小子！」老五點點頭，一臉的讚許。他眼力差、心眼矇，看不到老四望向窗外的眼神是那麼落寞、那麼黯淡。

這麼多年了，老四的小憶慈——那朵白短裙、長馬靴，揮舞著軍刀的美麗水晶花兒，還囚在精神療養院裡。花兒僅僅含苞，未盛開就凋萎了；水晶還留在岩壙裡，未捧出來琢亮就爆裂了、轟碎了……

凋了、碎了的，豈只是那朵水晶花兒？是他們家世世代代的心瓣花香……

兩個兒子也都交女朋友、談戀愛，但論及婚嫁時，一提到不能生養，女朋友就跑了；不跑的，家中長輩也抵死反對。最後，不管是恩斷情絕的失蹤，或痛哭流涕的求去，總之，沒人願意跳入遺傳的黑洞，承擔沒光沒亮的未來。

娶不到老婆，兩個壯碩漢子，滴著斗大的汗珠，把無限的精力用在揉麵、擀麵的活計上。於是，麵攤擴成店家，店家熬成餐廳，燒出遠近知名的好味道。

但是，晚上十點打烊後，兄弟倆就燒個爐子，對坐著喝起悶酒。不太說話、不太挾菜、又不怨天尤人的殷實模樣兒，總教老四痛到心坎、骨髓裡去。

這顛沛流離後的安定，怎會是如此的死寂？他一遍遍問蒼天，只是，連蒼天也無言又無語！

「阿麗！我兄弟吃好、睡好、拉好不？」

「四阿公！七阿公吃多、睡多也拉很多。阿麗有馬殺雞、拍背，有擦澡、換衣，也推出去散步，不要擔心啦！」阿麗確實很認真工作，當然也要很認真地說出來、比劃出來。

「好！好！妳做得很好！」老四看著認真做、認真說的阿麗，多日來一個模糊的念頭，慢慢攢聚累積，有些兒成型了。

但是，免不了有強烈的擔心和遲疑。他故意岔開，談些別的瑣事：

「老五呀！算一算你最好命，九個孫子了吧？」

梅仔坑就那麼巴掌大，三家捱得很近。兩家的姪孫，老四都愛抱，抱著暖暖又軟軟的小身子；湊著鬍渣，撐開肺葉猛吸臭臭又香香的奶味兒，扎得小人兒扭手顫腳咯咯咯地笑。高興起來，小人兒遠遠地就飛奔過來，伸開肥敦敦的小手：「四爺爺抱抱、四爺爺抱抱。」喊得一條老命都甘心奉送給他⋯⋯

「嘿嘿，錯了！俺嫁出去的么女，又新添一個孫子，夯不郎噹總共十個、抓起來兩大把了。活得過明後年，說不定俺就端起來當曾祖爺了。可惜呀！男丁不旺，六個女、四個男。二媳婦生了兩個閨女後，打死也不生了。俺老娘歸天了，要不，準成天叨唸哩！」

窗外的春陽，穿過鋁條格子的玻璃窗，灑得老五一身透亮。橫的、豎的金屬格子，投映在他老臉上，卻仍然有黯沉的黑影、割佔的架勢。好在咧張的大嘴一笑開，盤據的陰影就悄悄地隱去了、消散了。

老四嗆他：「哼！才說嘴就打嘴，不是『閨女一向強過帶把的小子』嗎？說啥不重男輕女，還不是鬼放的臭屁，唬弄人而已！」

年紀大了，甘心放掉的有很多，但抬槓、鬥嘴這檔事兒絕對不能放，一放就少了熟悉與安心。

「也對呀！小七好在還生了個不錯的閨女，要不！唉！……」老五沒接招，反倒是感嘆起病床上的小七：

「他苦呦！沒看到這麼命苦的呦！快五十年了，小七和傷梅哪像是一對夫妻？倒像老爹疼長不大的閨女。傷梅那癡病愈活愈重，成天獃坐在家門口，不言不語、不臥不起的。小七在臺北啥撈子的大美術館開畫展，放不下心，還不是帶著去。一去，她就坐在入口處，請不動、搬不走，口水黏黏搭搭流了一胸。小七招待完大官及買畫的，還不是一匙一匙餵她吃飯。

一個一天一天癡獃，一個一天一天老去，照顧不來了怎行？小七拿了三百萬給出嫁了的閨女，交代好他一死，小夫妻倆就要完全接手，照顧傷梅到歸西為止。」

「唉！有情有義！這年頭不多見呀！」老四朦朦朧朧想起生命中幾個待他有情有義的人……那是漫漫長夜中，幾點照路的星光。

「小七就是想不開，都當六個孫子的爺爺了！還做得出那樣的事？被俺救回來一次，可他又死著心做了第二次……」老五嘮叨著，老眼無淚，只有解不開的疑惑、止不住的痛惜。

老四也嘆著氣，走向病床，俯身下去，鬍鬚幾乎貼到小七的額角，兩顆雪白的頭顱靠在一塊兒了：「喂！小七，老兄弟看你來啦！你醒醒，別直管睡！起來陪兄弟說說話呀！」

小七無語，半張半閉的眼皮，看不出是睡是醒？牆上掛的，是他畫的「梅竹春曉」——裱褙得很好，勁竹仍然迎風，寒梅依舊嫣紅，是停留在過往歲月裡，不凋不謝的春夢。

「梅竹春曉」的兩旁，是小七尋死前寫的對聯：「孤帆沉遠水，曉鐘過迴廊。」——不再是淋漓酣暢的豪放，是乾枯峭澀的孤冷……

來不及與急不來

小七一向身體最好，可能是藝術家的秉賦與修養吧！他運筆畫梅，用的是全身的力量，氣息一絲絲調勻，雜念一縷縷放下。墨汁的濃、淡、乾、溼，掌控到爐火純青。心手兩忘，梅我合一。所以，他的梅愈畫愈好，人也愈老愈健康。

雲嘉地區最深最遠的山：瑞里、草嶺、奮起湖、阿里山……凡是長得出梅樹的地方，就留下過他的足跡。一個人背著畫具，雇輛計程車就往深谷野嶺去。清瘦的身子，挺立在嵐霧繚遶的山巔、冷風刺骨的溪谷，一眼一筆、一筆一眼地打稿，一打就打上老半天。

寒水潭回來的路上，他滿心歡喜，只因找到了一樹難得的古梅。古梅活靈活現移植到他的畫稿裡去了：縱橫奔放，俊逸伸屈的老幹，是拚死也要活下去的姿態；一朵朵疏落的梅，剔透的粉白、天真的姿態，是用心呵護、全力滋養出來的嬌嫩。他深深咀嚼著、細細回味著，那是大塊文章中，不經意的偶然；是悠遠寒暑中，潑刺刺的、令人敬畏的生機。

他三天兩頭就去看傷梅。恭敬柔順的女兒、女婿，這兩三年來，真的是費了心、盡了力，傷梅被照護得妥妥當當。儘管不言不語、不喜不怒已快三十年。黑水鑽的眼睛裡，天生少了流動的神彩，卻依舊有晶亮的眸光；當初吟吟的笑，依然凝結在豐腴的臉頰。笑紋一盪開，沒有現實的苦痛、人世的滄桑，更沒有兒孫的煩惱，還是活脫脫一個美人胚子——只是老了，老去好多、好久了……

前幾年，小七還是常回雪鄉的老家。在大院落前一遍又一遍地旋遶，步步追尋著生命中最初、最甘甜的記憶。

只是，後幾回就不一樣了，不再是「鄉音無改鬢毛衰」的返鄉遊子，是名聲響徹兩岸的大畫家。

黨書記、縣長及畫界、文壇的大人物一路簇擁著，恭敬謹慎陪伴著。西裝革履的隊伍中，他泛黃又起毛球的襯衫與夾克，是那麼地突兀、不搭調。

不搭調的，還有無聊兼無趣的話題。小七實在懶得搭腔。那要耗費太多的心神與體力，比兩岸的搭機、轉機，還要累人、磨人。

尋根探源的重頭戲，按照官方的節目表排演出來——大夥走出了老家的大院落，轉進了廢棄的私塾學堂。

「領導」用誇大的口吻，清清晰晰演說著模模糊糊的舊跡，高亢的語調，強化了幽微的感情；真正的需索與期待，也就更理直氣壯了。

小七並沒有被牽著鼻子走，他只是緊抿著嘴脣，哆哆嗦嗦抖著身子，跌進記憶斑駁的長廊……

一片破瓦斷牆中，理著光頭的小小童子，從七十多年前輝煌燦爛的光影中，蹦蹦撞撞，一股腦跳將出來。

跳呀蹦的，肩上背的是娘縫製的書袋，書袋上繡著翠綠搖曳的修竹、嫣紅粉白的寒梅，是一大家族對他殷殷的期望。

但是，傻不愣登的毛孩子，還是甩打著隨手折來的狗尾草，一路踢蹬小碎石子，躍跳著滿頭滿腦的奇聲幻影。昨天，先生教的唐詩宋詞，先是一字字、一句句，接著是一首首、一闋闋……從腦袋瓜子摔出去、掉出去，又跌又滾的，翻落到山林田野去了。

陽光閃耀著枝葉，枝葉間奔跳著松鼠，衝過來又竄過去，一陣陣吱吱嘰嘰的囂張。嬉鬧久了，賊不啦嘰的小傢伙，跪挺著後腿，前肢高高抬起，捧嗅著偷來的核果，一猛勁兒地又嚙又啃。

「又遲到啦！野到哪地玩去？你祖、你爺都是讀書人！你偏不學好，一淘氣就沒天沒地、忘爹忘娘。詩沒背、詞沒記，只記得跟樹耗子玩耍。今不打你個一佛升天、二佛出世，怎對得起你爹、對得起你祖?」

先生的老花眼鏡沒擦乾淨,蒙著一陣霧、積著一層沙。厚得不能再厚的玻璃,架在鼻頭的最頂尖。低著頭、縮緊脖、斂起尖尖的下巴,兩道眉毛唰地一聲豎站起來。額頭鬆垮垮的面皮,向上推抬,頓時摺出、擠出迂迴曲折的深溝。深溝中的汗水,像裂岸的駭浪,滔滔又洶洶。兩炬熊熊怒火,從鏡架上面噴燒射下,射中跪挺著後腿,前肢高高抬起,端捧出手掌心、垂低著小光頭,等著挨下籐棍的他。

他嘴角有強忍不住的笑意,覺得自己的姿勢,跟樹上拖著毛茸茸尾巴的小傢伙,實在有七八分像。

先生愈瞧他就愈懷疑,愈懷疑就愈有氣。最後,迸裂嗓門爆出震天動地的怒吼:「我打!我真打!打死你這專學壞的小潑皮,打死你這辜負祖宗、沒心沒肝的大混球!」白花花的鬍子,呼呀呼地一束束吹提起來;熱氣一口口噴到光頭兒小腦門上。

小光頭再也憋不住氣了!放鬆了閉緊的鼻翼,無可奈何地吸進一大口熱氣。那熱氣混著口臭,明明白白告訴他——今早,先生吃了韭菜盒子,蘸了辣椒醬油,還嚼了好幾粒大蒜……

他一邊飛馳想像的翅膀,一邊閉起眼、皺起眉心、癟扁了嘴脣,假裝出一派膽怯怯、痛徹徹，危哉殆哉的受戒模樣。其實，心眼裡踏踏實實，既不懼來又不怕。

沒錯，雷聲轟隆隆響徹半邊天，雨點卻只下那麼三兩滴。那教鞭是爹買的——高昂昂地被舉起，輕飄飄地落下。

不只是教鞭；那柱、那牆、那瓦、那屋……全是爺爺蓋的；那桌椅黑板、那書冊簿本、那顏料畫具……所有先生使的、小孩用的，全是爹爹買的……

跨得過的海峽、回得去的老家，卻有著進不去的大院落。縱然，在大人物的陪伴下，進得去了，院落裡不相干的臉龐，一張張盡是他破碎的團圓夢。

大院落的南邊原本是書房，書房有一大片綺窗。倚著窗，遠遠飄進眼簾的，是秋楓旋落的清麗；靜靜滴入耳朵的，是雨荷淅瀝的淡雅。那樹老梅！槎枒的勁骨、斑駁的蒼苔，百年歲月的勁道與煥發，就挺立在綺窗下。

只是！一世紀的傲雪與凌霜，抵不過一眨眼的銳斧與利刃——剒了、砍了、劈成碎碎片片了。

碎片裡浸沁著晶潤的汗珠——是紅衛兵稚嫩的額頭滴下的。滑過眉尖、流過嘴角時，兀自閃耀著亢奮的大笑，笑著「破四舊」的囂張……

綺窗內，有過一堵牆，無瑕的粉白，高掛著疏影與暗香——是手姿颯爽的爹寫的、是慧心柔荑的娘畫的。那珠聯璧合的美好，是他生生世世追尋的夢想。

但——粗民扯爛了、暴戶焚燬了。侵門凌戶的踐踏與摧殘，吃不下口、用不上手的，就歸屬於孔家店、孟家幫，一件件、一樣樣，輕輕鬆鬆毀得精精又光光。

小七眼底一陣又一陣的滾燙，哆哆嗦嗦抖著的，不只是眼皮、嘴唇，是承載家毀人亡的心臟。

不！不要這樣！不要再這樣！

不要再有張牙舞爪的紅小鬼；不要再有焚琴煮鶴的粗暴民。教教他們，好好教教他們吧！

過去的來不及，未來的急不來！

就讓一切重新來過吧！爺爺、爹爹的心，還留在這小學堂沒走。大院落裡，骨肉團圓的夢碎了；學堂的夢，一定要再圓它一次。殘了、毀了的牆瓦，再蓋它、建它一次。

因為，過去的來不及，未來的急不來呀……

小七定下心，也定下腳步。悠悠然迴身，迴轉千絲萬縷的人間思念，纏護住一粒粒新生的種子，穩穩地栽下、植下。就種在他出生的故土，就栽在先生用教鞭打他手心的地方。過去的來不及，未來的急不來！就讓它慢慢地、緩緩地萌芽吧！……

於是，在老家貧瘠的文化土壤上，小七捐贈了一百萬臺幣。五六個月後，趕著落成的「希望小學」：六間教室、百張課桌椅，就傳來小小毛孩兒琅琅的讀書音了。

善待故土的老家，他也沒虧待住了快六十年的新家：奔走呼號成立文教基金會，也捐了許多幅梅花義賣。他深深闢土、牢牢打樁……專心一意，無怨無悔的，就是要砌好兩個故鄉文藝與文化的基牆。

太爺讚賞他是讀書種子；他則渴望人間的種子，都去讀書、都去畫畫！

慢慢的，兩邊家園裡，他一心呵護、雙手護植的種子，都應該會冒嫩芽、會長枝幹，說不定也會結出香甜的果子來——他深深肯定著，做夢也微笑著。

唯一不肯定的，卻是親兒子——念祖。

他不懂，再怎麼耘草、施肥、灌溉，這粒親生的種子，怎就不向陽萌芽？讓他一顆心掛著、揪著，又痛又傷……

念祖遺傳了小七的英挺、傷梅的秀麗，合起來便是偉岸俊美的誘惑，尤其是黑水鑽的眼睛，不只晶晶亮亮，更有漫天流動的神彩。那神彩！就讓一個個未經世事的女孩，主動或被動地投入他的胸懷。

然而，念祖從小看父親一匙匙餵媽媽、餵妹妹；一件件穿脫她們的衣裳、一句句哄著、一手手拍撫著，一回回進出醫院……妹妹會長大，媽媽永遠長不大……

長不大的女人，過不完的艱辛——念祖怕了。怕承擔男人的責任、怕陷入女人的羅網；尤其怕女人黑亮的眼珠、吟吟的淺笑……女人對他來說，沒有情義的守護，只有肉體的誘惑。

四十出頭了，他結了五次婚，有過八九個女人，生了四個小孩。女人和小孩，抱抱疼疼，只需一會兒工夫——他願意；柴米油鹽的張羅，尿布、奶粉的花費，則需要耗蝕一輩子的青春與體力——他可不幹。

新世代的男女，處理感情是明快、也是草率。當合則留、不合則去的抉擇到臨時，沒有瀟灑、沒有挽留，只有漫天的憤恨與砸鍋摔碗的爭吵。

白髮蒼蒼的小七，只好出來善後。老淚縱橫地求著有名或有實的媳婦，要善待孫子、要教他讀書，更要教他畫畫——遺傳是莫名其妙的東西，說不定老天這回開了天眼，留對了「活眼」，不再瞎筆亂畫一通了。還有，有空時，別忘了帶孫子回來看看爺爺，梅仔坑孤獨又傷心的親爺爺……

當然，捧上一兩百萬當扶養費，是免不了的。

孤帆沉遠水

下起大雨了，梅仔坑午後的大雨，不管是哪一季節，常常不是用下的，是一盆盆、一缸缸倒的。

從冷颼颼的寒水潭回到簡陋的家，小七撐著傘還是全身溼透。已是一代畫師的尊榮了，他仍住在退休後的小宿舍。

歲末了，天冷加上天雨，讓黃昏有著急景凋年的慌亂與悲涼。日頭沒有餘暉，山山水水的影子都在淡去、遠去，天地是張開大嘴的野獸，一口口吞回去、嚥下去本來就稀疏的亮光。

兒子很少回來，進門也只帶麻煩回來。傷梅住在女兒家，醫療看護的費用，是他晚年沉重的負擔。但是，除了這負擔之外，他逐漸覺得生活中的一切，如同年代久遠的畫稿，縱使鉛筆再怎麼費勁描摹，不用墨汁彩料畫進宣紙，山水梅竹的線條，就會慢慢蝕去、淡去……冷清的家、冷清的過去與未來，使得在寒水潭發現古梅的喜悅，也慢慢冷了。絲絲縷縷的寒氣躡踮著腳尖，一步步侵入他的心、滲進他的肺，霸佔著、膠黏住所有的感覺與思緒。

不能再讓寒氣盤據著，那會冷卻掉僅有的室溫、殺盡所剩不多的心力！小七是奮發的人，堅信面對陽光，就可把陰影踩在腳下。洗個熱水澡一定會暖和些。暖和些後，就把打稿下來的古梅，一筆筆、一朵朵的從記憶中、心中、手中畫出來，絕不讓它在畫稿中枯去、死去。伏櫪的老驥，尚且志在千里，更何況自己還好得很，走東跑西，尋幽訪梅，一點也沒困難！

小七脫下溼漉漉的衣褲，進了浴室……

醒來時，已在醫院裡，右手打著石膏，額頭纏著厚厚的繃帶——是阿清發現、急救回來的。老四、老五都守在床邊，一見他醒來，老粗們急咧咧又開罵了：

「死老小子！你真他娘的呆雞，叫你到俺家住去，俺一家子老小一定像敬菩薩般供奉你。

他媽的！你就死『耍大刀、甩大鞋』，硬是不肯。三餐吃那無滋無味的鳥飯，身邊沒婆又沒猴的，現就摔成這種衰樣。再要怎樣，阿清守著、老兄弟哭著，也來不及了……」

「俺哪知道？腳一滑、頭一撞，就不知滿清或民國了。是阿清呀？虧他每天下班後，都進門來探探，這回俺可要好好謝他……」小七一臉歉意與感激。

「謝啥謝？少讓人操心就是啦！」老四、老五恨不得揍他一頓。

隔天，健檢沒問題後，小七就出院了。骨折後的石膏，一個多月後才拆掉。拆掉了石膏，問題卻拆不掉——小七發現他握不住畫筆了。

老兄弟天天去陪他說笑，女兒帶著兩個外孫也常往家裡跑。連浪蕩子也好像有點回頭了，又是拿報、又是端鞋的。儘管動作生澀，但還是看得出努力和擔心。

老七的神情、語氣都沒啥改變，一派看開與釋懷。可不知怎麼著？一夥老的少的，就是有說不出來的擔憂，心頭被巨大的石塊壓著，吸氣吐氣都不平不順了。

那天，老五嚷著大嗓門，踏進小七的舊宿舍。大門沒上鎖、老兄弟也沒笑呵呵地迎出來。少了幾根筋的他倒沒多在意，信步就走向畫室。

幾張學校廢棄的課桌椅，拼拼湊湊之後，就變成小七的畫桌。老五對這張畫桌有說不盡的感覺。因為，那是他和尾六兒汗流浹背合力抬回來的。經巧手的三哥，一陣鎚鎚釘釘後，便給了小七揮灑墨彩的好場地。而且這一給、一揮灑，就足足五十多年。檜木的材質不會變，但三哥失蹤了、尾六兒早就走了……

畫桌上擺著一副寫好的對聯，老五不認識字，更不知道「孤帆沉遠水，曉鐘過迴廊」是啥意思？他只覺得奇怪，那十個斗大的字怎麼歪歪扭扭，好像沒喝飽墨汁，餓得頭昏眼花，蹲不穩馬步似的……

一大張展開的宣紙，只勾勒出一根強勁梅幹——有強勁的氣魄與架勢，卻抖動著蠕蠕蟲蟲的線條。他納悶：看小七畫梅五十多年，從沒看過蚯蚓爬上樹的呀！

一本小簿冊子放在宣紙上方，攤開的頁面，用鉛筆畫著一樹老梅，右上方寫著「梅仔坑寒水潭有古梅，酷似故鄉高祖手植，喜泣而寫之。」

字不識得，可那本畫稿卻熟得緊：當年小七陪著他找「趙家屯」，不管車再怎麼顛、人再怎麼累，只要一看到奇形怪狀的山水草樹，小七就大喊著停車。一下車就愣頭愣腦瞧，在畫稿裡描描畫畫的，催都催不走……

「這下子可好，小七又拿起毛筆寫大字、畫梅花了……」老五打量畫桌上的拉拉雜雜，內心一陣欣喜，堅信最愛塗塗抹抹的老兄弟，一定又會活蹦亂跳起來。

左等右等好一會兒，就算上街也該回家了。老五忍不住轉身走向內房……內房也沒鎖，一推就裂出一線縫，可是有東西堵擋著，推不太動。老五心一凜，冷汗往額頭冒，叫一聲慘了！

心一急，手的勁道就強、力氣就大，門縫的破毛巾被他一把強扯下來。頭一低就衝進去，煙霧燻矇了眼睛、嗆咳了老喉嚨。他還是使出當年開山闢路的蠻力，拖抱起昏迷的小七，往門口呼天搶地去：「救人哦！伊燒火炭自殺囉！緊！緊來救命哦！……」用的竟是外省腔的臺灣話。

小七醒來了，躺臥在病床上，手背吊注著點滴，眼底的亮光全昏灰了、雙頰是褪盡血色的蠟白：「五哥誤會了，我只是燒個炭火取暖，哪有啥想不開？」面對老兄弟，他笑得尷尬又無奈。

老五氣得又掄起拳頭來。老四一把就將他按下，轉頭對小七：「不是就好！不是就好！等回了家，就好好休養。能畫就畫、不能畫就拉倒，人的一輩子又不是只有畫畫。」

「是！四哥！聽你的就是了！」小七低著頭、也低聲應著。他漫長的一生，卻真的只有畫畫……不能畫了，軀殼救得回來，但靈魂活得下去嗎？

兩三個月後，小七又想走了。這回可不是一時的沮喪或衝動。他處理好僅有的遺產：三百萬給女兒、女婿，是預留給傷梅用的；三十萬放桌上，是喪葬費；前一天，他捧了現金一百萬，去他任教過的學校，眉眼嘴角盡是輝煌的期望：「要真的讓曉鐘一路響過迴廊呀！」

原來，孤帆已下了最大的決心，毫不眷戀地要沉在遠水了——小七吃了一整瓶安眠藥，再鎖上門，塞緊所有的縫隙，燃起了煤炭……

又是阿清發現的，但到底稍微晚了些。小七退化了，已是不喜不怒、不言不語了……

曉鐘過迴廊

兩個老人吃著醫院外面買進來的便當。阿麗搖高病床，讓小七半坐半臥著，拿起湯匙一匙一匙餵他——就像當年他一匙一匙餵傷梅一般。

老四、老五已經看習慣了，不會影響食欲，也不再搖頭或流淚……命運走到這一地步，再怎麼後悔及不捨，都已無濟於事。

畢竟，見死不救是不可能的；救成這樣子，也是始料未及的。人世間，就只剩下三個老張，能聚著吃頓午餐，已是不容易，就儘量向陽光燦爛處望去、想去吧！

老四吃著吃著，就和阿麗閒聊起來：「孩子有多大了？老公幹啥事的？」他早聽說阿麗來臺灣前就離婚了。兩個孩子由印尼老娘撫養著，阿麗賺的錢一分一毫都寄回家去。

「孩子十歲、八歲，讀書去；也會抓魚。」她滑動雙手，比了個青蛙的泳姿。

「呀！照片，阿麗帶著。這大的、這小的。」這回，她的笑容既不誇張也不疲憊了。大的、小的兩個毛孩兒，赤裸著胳膊，緊靠著兩個大頭，黝黑的臉龐，有著深目高鼻的輪廓，嘻哈哈露著四排白牙，一個勁兒在紙片裡頭傻傻笑著。

老四、老五兩顆白花花的頭顱也緊湊著細細瞧，一張小小的相片，模模糊糊映照出有家歸不得、骨肉乖離的過去。

還好，阿麗的聲音，拉他們回到比較幸福的現在。

「老公跑了，不要小孩、不要阿麗……」她嘴角竟然拎著笑，是從家暴惡夢醒來後的慶幸。

「想不想嫁個臺灣郎？一起養小孩？」老四小心試探著。

「阿麗醜！沒人要，不敢想！」她竟然臉紅了！黑臉頰透浮出兩朵紅霞，眼睛亮汪汪的，分明有藏不住的企望。

「不醜！不醜！阿麗乖！五阿公替妳想辦法。包管妳嫁個好男人，不會像前一個他媽的王八蛋。」老兄弟當久了，一看四哥問話的神情，就猜著七八分，老五當下就古道熱腸挑起擔子來。

老四一聽，抬起老眼，正巧對撞上老弟一雙捉狹的、笑瞇瞇的眼睛。

他一震，接下來卻是一陣沉默——那是面對不可知的命運，要做重大抉擇時，深沉的遲疑與掙扎。

沒想到老五卻很來勁：「家裡還有沒有大妹子、表姊、堂妹的？乖不乖？」

老四作勢咳了幾大聲，想踩一下煞車。老五卻當成耳邊風，硬是不理不顧，繼續盤點起阿麗的身世及家族。

老四很是不安，踱到窗邊去望野眼；但又忍不住豎起耳朵聽仔細。一邊聽、心底一邊斟酌：阿麗是個好女人，看她一年多了，不會摸不透她本性。大兒子跟她也熟了，曾紅著臉透露過這念頭……若撮合得成老大，再幫著老二找……

找到了盡心又寬容的好女孩，兩個兒子下了工，就不會再對坐著喝悶酒了吧？至於孫子呢？不能生，就領養吧！阿麗的、別人的都無所謂；本國的、外國的也沒關係。既不會製造出問題，又能替別人解決問題。

誰說領養的不好？

阿清不就是二哥領養的！

誰說非親生的不可？

所有的老張們，除了總把子，哪一個是太爺親生的！

老四想著想著，漸漸戰勝了恐懼。希望的火苗一點燃，順著老五煽的風，呼啦呼啦燒旺起來……不管潛在的風險有多大，時代已不同了，總該叫兩個兒子去試試。若不幸再碰上悲劇，那——唉！那就認了吧！不相信上大就那麼狠，永遠饒不過他一家。

「老五！做得成這事兒，老哥擺一桌酒菜好好請你。」老四慢慢解開死打的心結，接著眉彎了、眼笑了，也不管阿麗懂不懂他們的啞謎。

「嘿！那當然，你想逃也逃不掉！若連下一檔好事也做成了，咱們倆就該換了排行，你喊俺老哥，當俺乖不隆咚的弟，如何？甘不甘心？」老五得意洋洋，好像一切已十拿九穩。

「俺可沒問題，喊你爺都甘心！不過，你可要問問太爺、總把子同不同意呀！」

「那算了，俺可不想太早去天上拜見他們！」老五急得搖頭擺手的。

老四卻故意逗他：「早去晚去，那可由不得你！但遲早總會相逢的。太爺的拐杖頭打下來，一定還是挺疼的；尾六兒的酒量不知好點了沒？」末幾句，不是開玩笑，是深深的思念了。

「嘿！說到酒，俺背囊裡還藏了一瓶！趁著清明，咱人間的老張，敬敬天上的老張吧！」

老五不改貪杯的個性，有他在，好酒就是藏不住的祕密。

酒蓋子一旋開，五加皮、肉桂、當歸、人蔘混著高粱的偉烈，霎時又盈得滿屋滿樑。對三個老張來說，這是熟悉到骨子底的味道……

老四心一動，向護士借來玻璃吸管，輕輕吸起一小管，滴了一滴給小七。小七安安靜靜接受這甘醇的烈香，雖沒抿脣咂舌的動作，眉心似乎也舒展開了。

老五嫌老四小氣，搶過了吸管，不管阿麗的攔阻，又滴了幾滴給小七，邊滴邊嘟囔：

「小七！快快好起來，好起來陪你老哥喝兩杯。天上的老張們夠多了，太爺自有人侍候著，你可別搶著去湊熱鬧呀！」

小七不知有沒有聽見？老四則確定是沒聽見！

他一心沉醉在未來——未來的夢，閃著七彩絢爛的光影：

「來，阿麗！今天四阿公高興，教妳一句臺語。要認真學、記進心裡頭去，將來再教出來給孩子們。注意聽！一個字一個字隨我唸：『番——薯——不——驚——落——土——爛——，只——求——枝——葉——代——代——傳——』」

阿麗學得很好，雖然有點外省腔、再加上些印尼調。

午後的陽光，照得一屋子光光燦燦。誰說清明時節一定是雨紛紛？誰說遊子、行人一定欲斷魂？

天上與地上的老張們，此時此刻，都不這麼認為了……

【096】

兩　地

林海音　著

一個是父母的家鄉，一個是成長的地方。客居北平時，遙想故鄉臺灣的親人；回到了臺灣，卻懷念北平的人情景物。兩地的相思，懸著的是一顆想念的心。於是，林海音寫下了對於這兩個地方的思鄉情，為生命中的兩地留下溫暖的回憶。

【122】

流水無歸程

白　樺　著

流水無歸程，說的不是流水，而是像水一般流逝的人，和關於人的似水流年的價值。男子的出身和門第，女子的肉體和靈魂，糾纏交織成一張密密的網，什麼樣的人可以不被困住？已經被困住的人，如何才能逃離呢？

【144】

滾滾遼河

紀　剛　著

齊邦媛教授認為本書的主角並不是任何人物，而是那個「時代」！如今，那個時代已經過去，所謂的戰鬥文學也成為逝去的文學，《滾滾遼河》成了歷史小說。今日，我們為什麼還需閱讀這樣的小說？因為回顧歷史，也許能使我們在這個認同混亂、自我漂浮的時代裡，重新認真思索自己的座標。

【157】

黑　月

樊小玉　著

本書的主要人物是一群派駐在阿拉伯地區，中國大使館經參處的外交人員。他們長期生活在異國，然而固有文化似乎如影隨形，連七情六慾都沾著這個味道。雖然戀愛中的女人因原始性的孩子氣被感情慫恿，而多了幾分放恣和縱情。但無論那放恣怎麼被誇張，她們仍舊是中國人，逃不出骨子裡制約著她們的東西……

【168】
說吧，房間　　林　白　著

本書是一曲女性悲歌，表現了她們在社會轉型中所承受的壓力，她們的創傷與隱痛、焦慮與呼喊、回憶與訴說。以精細的身體感受出發，直達當代女性心靈的最深處。

【205】
殘　片　　董懿娜　著

董懿娜寫小說，就像隔著一層紗對人傾訴情感；她將自己的情感傾注在小說人物身上。人是只生有一個翅膀的天使，只有互相擁抱才能自由飛翔。女性的命運，是斑駁世界最真實而充滿質感的一種折射，對她們飽含意味和深情的關注，就是對生命的一種眷戀和好奇。

【208】
神交者說　　虹　影　著

虹影的作品總是隱隱透著半自傳的味道，筆觸卻又極其輕靈、冷靜，似真疑幻地審視著女性的生活、情感、慾望和反動。在回憶與目下交錯、現實與幻象並呈的文字中，我們深深感受到那巨大父權傳統下，悲傷無告卻又伺機勃發的女性力量。

【229】
6個女人的畫像　　莫　非　著

女人與門，門與女人，兩者之間的相關意義在哪裡？一扇門的設立，是為進出不同的天地與空間，但為何女人卻執守倚立這狹窄的門框？女人的倚閭，是為了在愛中守候？還是因為怯懼而走不出去……

【文學 003】

鏡中爹　　張至璋　著

五十年前的上海碼頭，本書作者的父親與他揮別；五十年後他從澳洲到江南尋父。一張舊照片是他的鏡中爹，一則尋人廣告燃起無窮希望，一通國際電話如同春雷乍驚，一封撕破的信透露幾許私密，五本手跡冊子蘊藏多少玄機。三線佈局，天南地北搜索一名老頭，卻追溯出兩岸五十年來的離亂史。

【文學 005】

源氏物語的女性　　林水福　著

一本將《源氏物語》普及化的讀物。除了介紹《源氏物語》的相關知識外，更細膩刻畫了其中 19 位重要的女性，從容貌、言談、舉止到幽微的情感和思緒，讓我們彷彿在觀賞 19 幅的女性素描畫像，她們的喜和怒，樂和怨都深深牽動著我們的視線和情緒。

【文學 008】

太平洋探戈　　嚴歌苓　著

●中國時報開卷周報書評推薦

「錯過」是本書的主旋律。錯過之前，必先相遇；這相遇可能僅是瞬間，但瞬間可以成為永恆。無論是為了自由而相遇的羅杰與毛丫，或是因為避難而相遇的書娟與玉墨，就在這相遇——錯過之間，完成了他們人生的劇本大綱……

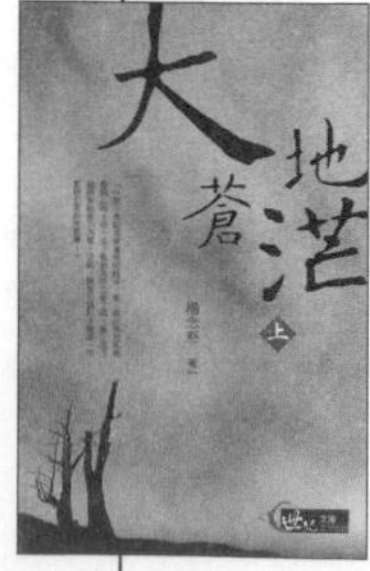

【文學 010】

大地蒼茫（二冊）　　楊念慈　著

睽違二十多年，資深作家楊念慈，繼《黑牛與白蛇》、《廢園舊事》等作品之後，又一部長篇鉅著——《大地蒼茫》終於問世！山東遼闊蒼鬱的故事背景、粗獷樸實的人物性格，在作家的妙筆下栩栩如生。凝神細讀，將不知不覺走入那段驚心動魄的烽火歲月。

世紀文庫

【文學 015】

泰山唱月　古華 著

本書敘述的時間涵蓋了古華苦難伊始的童年、屢遭災禍的青春歲月，最後飄落異鄉，靜心寫作。命運給予古華的雖多是磨難，他卻在文學裡立命安身。古華的散文，抒情敘事並重，情感醇厚，在趨向輕薄之風的現今讀之，愈顯其耐人尋味。

【傳記 002】

漂流的歲月（上）　莊因 著

●中國時報開卷周報書評推薦、聯合報讀書人書評推薦
●第 28 次新聞局中小學生優良課外讀物人文類推介

本書作者成長於中日戰爭、國共內戰之際，且因父親任職於故宮，他自孩童時期就隨著國寶文物的搬遷而遷徙。因此，本書不僅是個人的回憶，也是家國動盪、國寶文物遷徙的歷史。

國家圖書館出版品預行編目資料

美人尖／王瓊玲著.－－初版五刷.－－臺北市：三民，2017
面；　公分.－－(世紀文庫:文學022)
ISBN 978-957-14-3931-0　(平裝)

857.63　　97025068

著作人　王瓊玲
發行人　劉振強
發行所　三民書局股份有限公司
地址　臺北市復興北路386號
電話　(02)25006600
郵撥帳號　0009998-5
門市部　(復北店)臺北市復興北路386號
(重南店)臺北市重慶南路一段61號
出版日期　初版一刷　2009年1月
初版五刷　2017年5月
編號　S 857170
行政院新聞局登記證局版臺業字第○二○○號

ISBN　978-957-14-3931-0　(平裝)

http://www.sanmin.com.tw　三民網路書店
※本書如有缺頁、破損或裝訂錯誤，請寄回本公司更換。

本書版稅全數捐贈梅山文教基金會，作者並將捐贈同額款項予梅山愛心行善會